KB220374

2007 제52회

現代文學賞 수상시집

안규철, 「두 개의 빈 의자」, 드로잉

| 현대문학상 기념조각 |

안규철

책은 양면적인 요소들이 중첩되어 있는 물건이다.
책에는 왼쪽과 오른쪽 페이지가 있고, 보이는 앞면과 보이지 않는 뒷면이 있다.
안과 밖이 있고, 시작과 끝이 있다. 흰 종이와 검은 잉크가 있고,
드러난 것과 숨겨진 것이 있으며, 저자와 독자가 있다.
서로 상반되면서 동시에 상호의존적인 이런 요소들은 책이 닫혀져 있을 때는 드러나지 않는다.
책은 상자와 같아서, 책장이 펼쳐지기 전에 그것은 무뚝뚝한 한 덩이 종이뭉치에 불과하다.
책을 열면 이렇게 하나였던 것이 둘이 된다. 왼쪽과 오른쪽이, 안과 밖이, 저자와 독자가 거기서 생겨난다.
그리고 그 둘 사이에서, 낯선 한 세계의 지평선이 떠오른다.
마술사의 손바닥에서 피어나는 꽃처럼, 작은 책갈피 속에서 세계 하나가 온전한 윤곽을 드러낸다.
문학작품 앞에서 늘 그것이 경이롭다.

제52회 現代文學賞 수상시집

최정례

그녀의 입술은 따스하고
당신의 것은 차거든 외

현대문학

수상작

수상시인 자선작

수상후보작

심사평

수상소감

그녀의 입술은 따스하고 당신의 것은 차거든 외

최정례

최정례

그녀의 입술은 따스하고
당신의 것은 차거든 외

1955년 경기도 화성 출생. 1990년 《현대시학》으로 등단.
시집 『내 귓속의 장대나무 숲』 『햇빛 속에 호랑이』 『붉은 밭』 『레바논 감정』 등.
〈김달진문학상〉 〈이수문학상〉 수상.

그녀의 입술은 따스하고 당신의 것은 차거든

그러니, 제발 날 놓아줘,
당신을 더 이상 사랑하지 않거든, 그러니 제발,

저지방 우유, 고등어, 클리넥스, 고무장갑을 싣고
트렁크를 꽝 내리닫는데……
부드럽기 그지없는 목소리로 플리즈 릴리즈 미
가 흘러나오네
건너편에 세워둔 차 안에서 개 한 마리 차창을 긁으며 울부짖
네

이 나라는 다알리아가 쟁반만 해, 벚꽃도 주먹만 해
지지도 않고
한 달이고 두 달이고 피어만 있다고
은영이가 전화했을 때

느닷없이 옆 차가 다가와 내 차를 꽝 박네
운전수가 튀어나와
아줌마, 내가 이렇게 돌고 있는데
거기서 튀어나오면 어떻게 해

그래도 노래는 멈출 줄을 모르네

쇼핑카트를 반환하러 간 사람, 동전을 뺀다고 가서는 오지를
않네
은영이는 전화를 끊지를 않네

내가 도는데 아저씨가 갑자기 핸들을 꺾었잖아요
듣지도 않고 남자는 재빨리 흰 스프레이를 꺼내
바닥에 죽죽죽 금을 긋네

십 분이 지나고 이십 분이 지나도 쇼핑센터를 빠져나가는 차들
스피커에선 또 그 노래
이런 삶은 낭비야, 이건 죄악이야,
날 놓아줘, 부탁해, 제발 다시 사랑할 수 있게 날 놓아줘

그 나물에 그 밥
쟁반만 한 다알리아에 주먹만 한 벚꽃
그 노래에 그 타령
지난번에도 산 것을 또 사서 실었네

옆 차가 내 차를 박았단 말이야 소리쳐도
은영이는 전화를 끊지를 않네
훌쩍이면서
여기는 블루베리가 공짜야 공원에 가면
바께쓰로 하나 가득 따 담을 수 있어
블루베리 힐에 놀러 가서 블루베리 케잌을 만들자구

플리즈 릴리즈 미, 널 더 이상 사랑하지 않거든
그녀의 입술은 따스하고 당신의 것은 차거든
그러니 제발, 날 놔줘. 다시 사랑할 수 있게 놓아달란 말이야

슬픔의 자루

어머니가 꼼짝 못하고 쓰러졌습니다
오줌과 똥을 치우느라 엎드려 있는데
병원 밖 멀리 기차가 배추벌레처럼 꿈틀거리고
느닷없이 그 짐승이 거기를 가로질러 갑니다

그 짐승의 이름은 알지 못합니다
무뚝뚝하기도 하고 흐느적거리기도 하고
석양 무렵이었습니다

햇빛 무서운 대낮에도 마주친 적 있습니다
아이가 잊고 간 도시락 갖다주러 가다가
반짝이는 잎 그물 사이로
농담처럼
그 짐승이 휙 지나는 겁니다
털오라기 하나 떨구지 않고
길모퉁이 만개한 제비꽃 속으로

두 귀를 펼친 코끼리처럼
잎 그물 속에 출렁이다가

딱정벌레 오리나무 잎 갉아먹는 소리 속으로

어느 날인가는 막다른 골목에서
더 이상 도망가지 못하게 된 그가 갑자기
걷잡을 수 없이 흘러내리던 것도 보았습니다

내미는 손 잡혀버릴 것만 같아
손 내밀지 못하고
묶어서 자루에 넣어 데려가달라고 부탁했는데

지난 유월 오빠가 집 앞 계단에서
말 한마디 못하고 쓰러져 죽었습니다

왜 자꾸 그 생각이 나는지 모릅니다
그가 잡아 지고 왔던 자루
그는 우리에게 아이스케키를 사다준 것이었는데
자루 속에는 젖은 얼룩과 막대기만 남아 있었습니다

온몸을 잊으려고

양귀비는 거북 눈 속에서 하늘거리고
낙화암은 옆구리에 삼천궁녀를 거느렸네

차바퀴 밑에는 고양이가
늑골 아래에는 암세포가
야옹거리며 야옹거리며 사네

종합병원 건너편 저 멀리에
기차가 한강 다리를 건널 때
초록 배추벌레처럼
꿈틀거리며 꿈틀거리며 건널 때

겨자씨 속엔 눈폭풍이
뻐꾹소리 속엔 먼 산이

온몸을 잊으려고
이 세상 냄새를 잊으려고

눈꺼풀 속으로 백일몽 속으로

절벽 아래로 벗꽃잎 아래로
흩날리네 흩날리네

하산

그때 나는 숲에서 나와 길에 올랐다
검은 떡갈나무숲 한 뼘 위에
초승달 눈 흘기고 있었다

숲에서 나오자 세상 끝이었다

우리 밑에 짓눌려 부스럭대던 잎사귀들
아이처럼 지껄이던 산개울 물소리
아무 생각 없이 나눈 악수는
흘러 흘러 흘러서 바위틈으로 스며들고

숲에서 나오자 깜깜했다

허공중에 피었다 곤두박질치는 것
깨진 접시 조각처럼 잠시 멈춰 있던 것
보았느냐고, 묻고 싶은데

갑자기 숲은 아득해져서
지나간 잎사귀들만 매달고 흔들리고

초승달, 밤배, 가족사진

끝을 날카롭게 구부리고 지붕 위를 떠가는 초승달
왜 입 안에 신 침이 고이는 것일까

껍질 반쯤 벗겨진 사이로
신물 주르륵 흘러내리고 노란 껍질
익다 못해 터진 그 사이로 안개처럼 떠 있는

앞에는 키 작은 아이들 뒤에는 두루마기를 입은 100년 전 사람
들
단장을 짚고 안경을 쓰고 줄줄이 서 있던 일족의 흑백사진
한 잎 배를 타고 칠흑의 밤을 노 저어 가던 그 집

그 집 벽 위 액자에도 저런 빛깔의 과일이 한 쪽 떠 있었던 것
만 같다
먹어본 듯하나 아직 먹어보지 못한

주르륵 지붕 위로 미끄러져 내리던

100년도 전에 그 집 사람들 미끄러져 가면서

남자가 입덧 중인 여자에게
열매를 까서 한 쪽씩 입에 넣어주고
아기들에게도 쪼개주고
둘러앉아 한쪽 눈을 찌그리며 터뜨려 먹고 있는데

그때 밀감도 아니고 오렌지도 아니고 신 살구빛의
그것이 먹고 싶어
어미의 갈비뼈 밑으로 기어들어간 그 기억 때문일까

깜깜한 밤하늘 뚫고 신 살구빛의 새초롬한 달
신물 터져나오면 한 쪽 눈이 찌그러지다 환해지는데

그 집 액자에서 다시는 내려오지 않고
밤배 탄 사람들
아직도 기린처럼
그 열매 끌어내려 터뜨려 먹으며 가고 있는지

잔뜩 구부리고 초승달 미끄러져 내린다

수상시인 자선작

칼과 칸나꽃

너는 칼자루를 쥐었고
그래 나는 재빨리 목을 들이민다
칼자루를 쥔 것은 내가 아닌 너이므로
휘두르는 칼날을 바라봐야 하는 것은
네가 아닌 나이므로

너와 나 이야기의 끝장에 마침
막 지고 있는 칸나꽃이 있다

칸나꽃이 칸나꽃임을 이기기 위해
칸나꽃으로 지고 있다

문을 걸어 잠그고
슬퍼하자 실컷
첫날은 슬프고
둘째 날도 슬프고
셋째 날 또한 슬플 테지만
슬픔의 첫째 날이 슬픔의 둘째 날에게 가 무너지고
슬픔의 둘째 날이 슬픔의 셋째 날에게 가 무너지고
슬픔의 셋째 날이 다시 쓰러지는 걸

슬픔의 넷째 날이 되어 바라보자

상가집의 국수발은 불어터지고
화투장의 사슴은 뛴다
울던 사람은 통곡을 멈추고
국수발을 빤다

오래가지 못하는 슬픔을 위하여
끝까지 쓰러지자
슬픔이 칸나꽃에게로 가
무너지는 걸 바라보자

레바논 감정

수박은 가게에 쌓여서도 익지요
익다 못해 늙지요
검은 줄무늬에 갇혀
수박은
속은 타서 붉고 씨는 검고
말은 안 하지요 결국 못하지요
그걸
레바논 감정이라 할까 봐요

나귀가 수박을 싣고 갔어요
방울을 절렁이며 타클라마칸사막 오아시스
백양나무 가로수 사이로 거긴 아직도
나귀가 교통수단이지요
시장엔 은반지 금반지 세공사들이
무언가 되고 싶어 엎드려 있지요

될 수 없는 무엇이 되고 싶어
그들은 거기서 나는 여기서 죽지요
그들은 거기서 살았고 나는 여기서 살았지요

살았던가요, 나? 사막에서?
레바논에서?

폭탄 구멍 뚫린 집들을 배경으로
베일 쓴 여자들이 지나가지요
퀭한 눈을 번득이며 오락가락 갈매기처럼
그게 바로 나였는지도 모르지요

내가 쓴 편지가 갈가리 찢겨져
답장 대신 돌아왔을 때
꿈이 현실 같아서
그때는 현실이 아니라고 우겼는데
그것도 레바논 감정이라 할까요?

세상의 모든 애인은 옛애인이 되지요*
옛애인은 다 금의환향하고 옛애인은 번쩍이는 차를 타고
옛애인은 레바논으로 가 왕이 되지요
레바논으로 가 외국어로 떠들고 또 결혼을 하지요

옛애인은 아빠가 되고 옛애인은 씨익 웃지요
검은 입술에 하얀 이빨
옛애인들은 왜 죽지 않는 걸까요
죽어도 왜 흐르지 않는 걸까요

사막 건너에서 바람처럼 불어오지요
잊을 만하면 바람은 구름을 불러 띄우지요
구름은 뜨고 구름은 흐르고 구름은 붉게 울지요
얼굴을 감싸쥐고 징징거리다
눈을 흘기고 결국

오늘은 종일 비가 왔어요
그걸 레바논 감정이라 할까 봐요
그걸 레바논 구름이라 할까 봐요
떴다 내리는
그걸 레바논이라 합시다 그럽시다

* 박정대 시인의 「이 세상의 애인은 모두가 옛애인이지요」 중 한 구절.

3분 동안

3분 동안 못할 일이 뭐야
기습결혼을 하고
아이를 낳을 수 있지
다리가 끊어지고
백화점이 무너지고
한 나라를 이룰 수도 있지

그런데
이봐
먼지 낀 베란다에 널린
양말들, 바지와 잠바들
접힌 채 말라가는
수치와 망각들
뭐하는 거야

저것 봐
날아가는 돌
겨드랑이에서
재빨리 펼쳐드는 날개를

저 날개 접히기 전에
어서 결혼을 하고
아이를 낳아야지
도장을 찍고
악수를 청하고
한 나라를 이루어야지

비행기가 떨어지고
강물이 갇히기 전에
식탁 위에 모래가 켜로 앉기 전에
찬장 밑에 잠든 바퀴벌레도 깨워야지
서둘러 겨드랑이에
새파란 날개를 달아야지

비행기 떴다 비행기 사라졌다

비행기 떴다
아주 작은 점이 되어 사라졌다

목요일은 한잠도 못 잤다
금요일은 하루 종일 잤다
토요일은 일요일은 사라졌다

서른 살 땐 애 업고 전철역에 서 있었다
15만 원짜리 카메라를 사서 할부금을 붓고 있었다
스무 살 땐 레드옥스란 술집에서 울었다
연탄가스 먹고 실려갔다

비행기가 또 떴다 이곳을 뿌리치고
가느다란 흰 선을 남기고

사랑하는 자만이 날 수 있다
그렇지만 누가 그토록 사랑하는가?
라고 시작되는 시가 있었다
누구였던가 누구의 시였던가

그는 나가라며 등 뒤에서 문을 꽝 닫았다
그때 그곳은 처음 가본 곳이라서 어디가 어디인지
무작정 어두운 골목을 더듬어 내려오는데
비행기가 소리 없이 구름 속으로 지고 있었다

전화가 오고 전화가 끊어지고
육체는 감옥이라서 달디단 크림케익을 먹고
몸은 부풀었다
육체의 창살 안에서 부풀었다

트럭이 거울을 싣고 가고 있었다
거울 속에 집들은 통째로 실려가다 기우뚱
골목을 제끼고 순간에 자취를 감추었다

미겔 에르난데스의 시였다
너는 날 수 없으리라 너는 날 수 없다
네가 아무리 기를 쓰고 올라가도
너는 조난당하고 말리라

비행기가 무거운 쇳덩어리가 무작정 떴다
하늘 가운데 금속의 섬이 되어 돌고 있다

스타킹을 신는 동안

당연히 그럴 권리가 있다는 듯이
본처들은 급습해
첩의 머리끄뎅이를 끌고 간다

상투적 수법이다

저승사자도 마찬가지다
퇴근해 돌아오는 사람을
집 앞 계단을 세 칸 남겨놓고
갑자기 심장을 멈추게 해 끌고 가버린다
오빠가 그렇게 죽었다

전화를 받고
허둥대다가
스타킹을 신는
그동안만이라도 시간을 유예하자고
고작 그걸 아이디어라고
스타킹 위에 또 스타킹을 신고
끌려 가고 있었다

무쏘 앞에 흩어진 사과장수

당신 눈 속에
거기 작은 사과 위에
비쳤던 것
붉고 푸른 얼룩
구름과 햇빛이 지나간 흔적
거기 펄럭이던 것
흔들리며 지나간 것
무엇이 있었나 말해봐
노을에 불타는 유리창
구겨져 짠내 나는 지폐
새로 산 빨간 희망
엉덩이를 흔들며 뒤뚱거린 것
울면서 다가서는 어린 것
무엇이 또 사라졌나 말해봐
수레 위에 갓 익은 사과알
그 신 향기 막 떠오를 때
함께 피어오르던 것
어어 하는 순간에 흩어진 것
말해봐

거리의 새들이 당신의 깊은 잠을 끌고
허공을 한 바퀴 도는 중인데
무쏘가 멈춰 서서 당신의 깊은
캄캄한 바닥을 들여다보고 있는데
열린 채 멈춰버린 검은 사과 위로
조용히 스쳐 지나간 것
급히도 사라져버린 것

천사

간절히 총을 사고 싶은 적이 있었다
어찌어찌 그 생각을 잊었는지 모른다
총을 사러 부산엘 가겠다고
돈을 꾸고 배를 사서 사막으로 뜨겠다고

한때 천사였던
한때 덤불 찔레였고 한때 폭약이었던
그가 어떻게 사라져버렸는지 모른다

지금 내 마음 속에 없고
돌 속에도 폭풍 속에도
물웅덩이 속에도 없다

그는 그가 사라진 줄을 모른다
바보처럼 한때 천사였던 것도 모른다
너무나 깊숙이 사라졌기에
버려진 폐광의 내 속을 캐고 캐도
그는 이제 없다

나 혼자 라이터를 들이대는 웅덩이
떨면서 비추고 다시 일그러뜨린다

그를 비춰볼 웅덩이
그를 파낼 유일한 광부인
나조차 사라지면
그는 아예 없었던 게 된다
그가 잠시 찬란한 천사였던 걸
증거할 자도
세상천지도

안녕

멀리서
천둥 같은 게
소리는 들리지 않고
빛만 번쩍이는 게
그런 게

풀잎 같은 게
갑자기 돋아나
깊은 겨울이라서
그럴 리가 없는데도
어린 게
길가에 새파랗게
흔들리고 있었다

곁에 있던 네가
아득하게 멀어지면서

낮은 처마들이
손들어

경례를 붙이고

안녕

수상후보작

바닷가 절, 불타다 외
김 경 미

까치 감옥 외
김 신 용

동백 씹는 남자 외
문 인 수

초승달 기차 외
손 택 수

애가 외
엄 원 태

개나리꽃 외
이 정 록

백년 묵은 꽃숭어리 외
정 끝 별

김경미

바닷가 절, 불타다 외

1959년 경기도 부천 출생. 1983년《중앙일보》로 등단.
시집『쓰다 만 편지인들 다시 못 쓰랴』『이기적인 슬픔들을 위하여』『쉬잇, 나의 세컨드는』등.
〈노작문학상〉수상.

바닷가 절, 불타다

서울서 나도 니그로검둥이처럼 자주 불탔었단다

네 흑단의 광채 한번 요염하구나 얼른 반하시겠다

세세년년 어둠을 복토하는 업의
화염 작렬,

청색 바다에 치지직, 저녁 해 마음 식혔구나

고요에 바치네

내가 어리석을 때 어리석은 세상 불러들인다는
것 이제 알겠습니다

누추하지 않으려 자꾸 꽃 본다 꽃 본다 우겼었습니다

그대는 쇠무늬 지워진 맨동전으로 벌써 닳아 없어지고

라일락 지나가는 소음들 반원의 무덤 같던 아침,
감빛 구름들 리어카째 굴러떨어지던 위험한
해질녘에,
가을 낙엽들, 노란 형광의 봄개나리떼 같던 착오,
고장난 검정우산같이
눈동자 종일 젖어 접히지 않던 날도 있었습니다

그중 가장 큰 안간힘,
물 흔들지 않고 아침낮과 저녁밤을
씻는 일이었습니다

조금씩 이상한 일들

큰 칼 내려놓다. —고등어칼 아니어도 과일칼로도 모든
음식 다 할 수 있었다 연필깎기칼로 부엌일 다 해내던
여인네도 있었는데 큰 칼이 알고보니 내 걸음에 버거웠다

'식물의 역사' 고생대 은행잎 화석사진 보다. —내 위벽에 찍혔을
쌀알무늬와 얼음이며 물고기의 흔적들 보이지 않는 시간이
찍어주는 사진들 몸속 가득해 가끔 속에서 필름 냄새가 난다

당신 애정에 고맙다 전하다. —이렇게 한자리 낳아 길러줘서
장모 전해달라길래 저녁 일몰이면 버스비 생활비로 남기고
생활비 몽땅 기차로 개조해 싣고 다니고파 딸이 잘 전했다

또 헛디뎌 손가락들에 붕대 싸매다. —물 스밀라 빅 사이즈
분홍 고무장갑 끼고 세수하는데 한 체급 높은 무대를 띈 듯
부푼 분홍 상처가 마냥 신기하고 자랑스러워 거울에 으스댔다

물구나무 서다. —파쇄기 들어가는 종잇장처럼 후련했다

거듭 말하다 ─꽃을 키우는 건 흙이 아니라 허공이겠다.
허공에 사슴 깃들어 산다 그 적갈색 몰래 묶어 오려
아무도 안 볼 때 허공에 먹이잎을 흔들어보기도 했다 실은

구멍

어디선가 쇠 닳는 소리가 들린다 나무가 닳는
소리 꽃이 닳는 소리 물이 닳아지는 소리 입이
닳는 소리 닳아 없어지는 것들은 어디로 가는 걸까
있음은 어디로 가 없음이 되는 걸까 쓰레기 모이는 난지도처럼
없음만 모이는 곳도 있을까 수영장 물 빠지는 구멍 있듯이
있음도 없음이 되려면 꼬르르륵 몰려 사라지는 배꼽이 있을 텐
데

입관되어 내려가는 있음들의 무덤, 그 배꼽은
그 어느 뱃전에

다정

꿈속에서 그는 물빛 양복의 서양 청년이었고
우리는 막 신혼여행을 떠나려는 참이었다
비행기표가 싱싱한 초록 나뭇잎을 펄럭였고
그는 연신 사랑한다, 애정에 빛나는 트렁크를 꾸렸는데
내 속마음은 하얗게 질려 있었다
라벤더 향내의 여행 끝 이태리쯤의 낯선 뒷골목에서 그토록 다
정한 그가
날 없애버릴 것만 같았다 아무도 모르게 스윽—
내 목을 처치해버릴 것만 같았다

다정해서 그럴 것 같았다
누가 다정할 때마다 그럴 것 같았다

장미꽃나무가 내게 다정해서 죽을 것 같았다
저녁 일몰이 유독 다정해서 유독 죽을 것 같았다
뭘 잘못했는지 다정이
나를

죽일 것 같았다

14층 베란다의 시

가끔 그럴 때가 있지 저에게 낯빛이 변할 때가

구두와 슬리퍼 양말까지 모두 14층 베란다 아래로
저 대신 밀어 떨어뜨리고플 때가
다신 영영 안 볼 실망처럼

　생각해보면 전화처럼 나만 듣던 세상의 노래 있었네
　그때, 전화가 들려주던 노래—전화 기다리지 마라
　지독히 순하여 벼락처럼 잠깐 아름다웠던 때가 있었던가
　있었다면 그때가 좋았지 쓰라렸겠지만 검정 구두약처럼
　반질대던 사랑의 등에 침이라도 뱉었다면 좋았지

가서 귓볼을 뚫었다 당신들 마음을 뚫을 수 없으니

가끔씩 그럴 때가 있지
가서 납작해진 얼굴을 흙 털고 거둬와
조용히 과일 깎아주거나 경전 읽어주고플 때가

부엌창의 일

우비를 입고 그곳으로 가네 폭우를 끓이기 위해
허벅지의 고무장화는 진흙나물을 무칠 때 좋으니
그곳에선 가끔 진주목걸이가 식도에 걸리기도 하네
제일 자신 있는 요리는 껌이라네
쫄깃쫄깃 심심파적처럼 온몸을 찰싹, 찰싹이는

양파 같은 폭설 쏟아지는 날은 당근을 머리에
꽂고 십일 층 그곳 창밖으로 뛰어내리네 휠 휠
양팔 가득 바람 끌어안으니 황금빛 은행잎 냄새가 나네
무엇인가를
다 떠나보내지 못한 것. 눈송이 다 잡아 머리에 꽂고

돌아와 방충망 앞에 서네 안 열리는 그곳의 창, 돌멩이 많은
달빛에 긁혔던
맨발이 파리처럼 더럽고 11층 허공에서 비닐로 펄럭일 때
비로소 생각이 나느니

안에 아무도 없다

김신용

까치 감옥 외

1945년 부산 출생. 1988년 《현대시사상》으로 등단.
시집 『버려진 사람들』 『개 같은 날들의 기록』 『몽유 속을 걷다』 『환상통』 등.
〈천상병문학상〉 〈노작문학상〉 수상.

까치 감옥

혹시 저 집을 지은 사람은 제 마음의 감옥을 지은 건 아닐까
요?

넓은 과수원 한 켠에 녹슨 철망과 판자로 엮은 집이 지어져 있
습니다.

집이라기보다 네모난 상자, 커다란 닭장처럼 지어져 있습니다.

그러나 그것은 우리입니다. 덫과 같은 올무와도 같은 우리입니
다.

그곳은 한번 들어가면 다시는 나올 수 없도록 설계되어 있습니
다.

그러니까 날개를 가진 것들만 들어갈 수 있도록 만들어졌습니
다.

날개를 접고 들어갈 수는 있어도, 날개를 펴고 나올 수는 없는
집

그 속에 지금 까치 몇 마리가 들어 있습니다. 사람이 다가가면
놀라 날아오르다가

철망에 부딪쳐 푸드득 깃털만 떨어트리다가, 제 풀에 날개를
접고 맙니다.

날개를 접고 겁먹은 듯 철망 밖으로 눈만 두리번거립니다.

날개를 접고 들어갈 수는 있어도 날개를 펴고 나올 수는 없는 곳

그렇게 날개를 가진 것들만 들어갈 수 있도록 지어진 집,

까치가 저 감옥에 갇힌 건 복숭아살 두어 근 베어간 죄일까요

피 한 점 흘리지 않고 살만 떼어가지 못한 죄일까요

그러나 저 감옥을 지은 사람은 알 것입니다.

자신도 날지 못해 푸드득이고 있다는 것을, 그렇게 푸드득일 때마다

보이지 않는 철창에 부딪쳐 날개 꺾이고 피 흘린다는 것을.

지금 도화빛 물든 들길을 걷는 내 산책길의 끝에는, 저 집이 지어져 있습니다

닭털 날개라도 달고 푸드득이고 싶은 마음이 지어놓은 감옥입니다

사람의 감옥입니다

숲의 집

할미새가 부엌 환풍구 구멍에 집을 지었다

무심코 다가가면 놀란 듯 날아 나와, 접근금지의 시위를 하는지

마당의 가지에 앉았다 울타리에 앉았다 야단이다

그 할미새가 먹이를 구하러 간 사이, 의자를 놓고 살며시 들여다보니

개구리참외 무늬를 한 알 두 개가 놓여 있다

서로 등을 맞대고 곤히 잠든 듯 놓여 있다

나는 부엌 가스레인지의 열이 닿지 않도록 알루미늄호일로 환풍구를 가려주며

알이 놀랄까봐, 알이 놀라면 무정란이라도 되는 듯, 마당의 잡풀을 뽑을 때도

텃밭의 채소를 가꿀 때도, 일부러 그쪽은 쳐다보지도 않고

먼산바라기가 되어주곤 했다. 목불 같은 얼굴이 되곤 했다

그제서야 할미새는 마음 놓고 구멍을 들락거리더니, 어느 날

그 속에서 참새를 닮은, 갓 날개가 돋은 어린 새 두 마리를 날려 보냈다

날려 보내, 비행연습을 시키는지 처음 보는 세상 구경을 시키는지

머리를 의문형으로 갸웃거리며, 마당을 봄의 음표처럼 통통 튀어 다니다가
그 새끼들을 데리고 제 살 곳, 숲으로 날아갔다

지금 이 글을 쓰는 때는 겨울이다. 눈바람 부는 날
혹시나 싶어 가만히 구멍 속을 들여다보니, 조그만 풀둥지만
마르고 있다
마을의 빈집처럼 놓여 있다
그러나 나는 환풍구를 가린 그것은 떼지 않았다
곧 봄이 오면, 빈집에 불이 켜지듯 알 두 개가 놓여 있을 것이
므로—
마치 집이 숲이 된 것같이—

그래, 그 겨울 내내 나는 그것을 떼지 않았다

도장골 시편

—營實

산비탈 가시덤불 속에 찔레 열매가 빨갛게 익어 있다
잡풀 우거진 가시덤불 속에 맺혀 있어서일까?
빛깔은 더 붉고 핏방울 돋듯 선명해 보인다
겨울 아침, 허공의 가지 끝에 매달린 까치밥처럼 눈에 선연해
눈이라도 내리면, 그 빛깔은 더욱 고혹적일 것이다
날카로운 가시들이 담장의 철조망처럼 얽혀 있는 찔레 덤불 속
손가락 하나 파고들 틈이 없을 것 같은 가시들 속에서
추위에 젖은 손들이 얹히는 대합실의 무쇠난로처럼 익고 있는
것은
   아마, 날개를 가진 새들을 위한 단장일 터
   磨齒의 입이 아닌, 부드러운 혀의 부리를 가진 새들을 기다리
는 화장일 터
   공중을 나는, 그 새들의 눈에 가장 잘 뜨일 수 있도록
   그 날개를 가진 새들만 다가올 수 있도록
   열매의 彩色을 운영해왔을 열매
   營實이라는 이름의 열매

   새의 날개가 유목의 천막인 열매
   새의 깃털 속이 꿈의 들것인 열매

얼마나 따뜻하고 포근했을까, 그 유목의 천막에 드는 일

새의 腹部 속에 드는 일

남의 눈에는 囹圄 같겠지만, 전락 같겠지만

누구의 배고픔 속에 깃들었다가 새롭게 싹을 얻는 일, 뿌리를
얻는 일

그렇게 새의 먹이가 되어, 뱃속에서 살은 다 내어주고 오직 단
단한 씨 하나만 남겨

다시 한 생을 얻는 일, 그 천로역정을 위해

산비탈의 가시덤불 속에서 찔레 열매가 빨갛게 타고 있다

대합실의 무쇠난로처럼 뜨겁게, 뜨겁게 익고 있다

도장골 시편
―넝쿨의 힘

집 앞, 언덕배기에 서 있는 감나무에 호박 한 덩이가 열렸다
언덕 밑 밭 둔덕에 심어놓았던 호박의 넝쿨이, 여름 내내 기어
올라 가지에 매달아놓은 것
잎이 무성할 때는 눈에 잘 띄지도 않더니
잎 지고 나니, 등걸에 끈질기게 뻗어오른 넝쿨의 궤적이 힘줄
처럼 도드라져 보인다
무거운 짐 지고 飛階를 오르느라 힘겨웠겠다. 저 넝쿨
늦가을 서리가 내렸는데도 공중에 커다랗게 떠 있는 것을 보면
한여름 내내 모래 자갈 져 날라 골조공사를 한 것 같다. 호박의
넝쿨
땅바닥을 기면 편안히 열매 맺을 수도 있을 텐데
밭 둔덕의 부드러운 풀 위에 얹어놓을 수도 있을 텐데
하필이면 가파른 언덕 위의 가지에 아슬아슬 매달아놓았을까?
저 호박의 넝쿨
그것을 보며 얼마나 공중정원을 짓고 싶었으면―, 하고 비웃을
수도 있는 일
허공에 덩그러니 매달린 그 사상누각을 보며, 혀를 찰 수도 있
는 일
그러나 넝쿨은 그곳에 길이 있었기에 걸어갔을 것이다

낭떠러지든 허구렁이든 다만 길이 있었기에 뻗어갔을 것이다

모래바람 불어, 모래무덤이 생겼다 스러지고 스러졌다 생기는 사막을 걸어간 발자국들이

비단길을 만들었듯이

그 길이, 누란을 건설했듯이

다만 길이 있었기에 뻗어가, 저렇게 허공중에 열매를 매달아 놓았을 것이다. 저 넝쿨

가을이 와, 자신은 마른 새끼줄처럼 쇠잔해져가면서도

그 끈질긴 집념의 집요한 포복으로, 불가능이라는 것의 등짝에

마치 달인 듯, 둥그렇게 호박 한 덩이를 떠올려놓았을 것이다

오늘, 조심스레 사다리 놓고 올라가, 저 호박을 따리

오래도록 옹기그릇에 받쳐 방에 장식해두리, 저 기어가는 것들의 힘.

언제 그곳에 잎이 있었나?

맨땅이었다
언제 그곳에 잎이 있었나?
여름이 되면서 난처럼 피었던 잎들 하나 둘 짓무르면서
언제 그곳에 잎이 있었는지도 모르게 지워지더니
어느 날 불쑥, 잎그늘 하나 없는 그 맨땅에서
꽃대 한 줄기가 솟아올랐다
돌 섞인 흙과 딱딱하게 굳은 흙바닥일 뿐인 그곳에서
그 흙바닥 밑에 뿌리가 묻혀 있었는지조차 잊었는데도
마치 무의식 속에 묻혀 있는 기억을 일깨우는 송곳처럼
닫힌 망각의 문을 두드리는 손가락처럼
솟아올라, 맑은 수선화를 닮은 꽃 한 송이를 피워 물었다
세상에! 잎이 다 진 후에야 꽃대를 밀어올려 꽃을 피우는 뿌리
가 있다니!
이 어리둥절함을 뭐라고 해야 하나?
이 돌연함을 어떻게 설명해야 되나?
무슨 畸形의 식물 같은, 잎 하나 없는 꽃대
깡마른 척추뼈가 웃음을 물고 있는 것 같은, 그 꽃을
굳어버린 흙이 흘리는 눈물방울이라고 해야 하나?
지워져버린 잎들이 피워올리는 비명이라고 해야 하나?

아무도 없다고 생각한 빈 밭에서 우뚝 몸 일으킨 아낙처럼
가느다란, 새끼손가락 굵기만 한 꽃대가 꽃을 물고 있는 모습
가슴에 찍히는 지문이듯, 火印이듯 바라보아야 하나?
언제 그곳에 잎이 있었나?
싶은, 그 맨땅에서, 잎도 없이 솟구쳐올라
꽃을 피우고 있는 모습.
이미 멸종된 공룡이
돌처럼 굳어버린 내 의식의 시멘트 광장에 불쑥 나타나, 사라
진 쥬라기의 노을을
슬픈 눈으로 바라보고 있다고 해야 하나?
일생을 잎을 만날 수 없다는 꽃
상사화, 저 꽃이 피는 모습을

감이 익었다

　누가 손 내밀지 않아도 떨어져내릴 자세가 되어 있는 빛깔은, 선명하다
　눈 멀고 귀 멀어 절벽에 투신하는 그런 몸짓들이 아니라
　제 소실점을 알고, 일말의 망설임도 없이, 마치 분신처럼
　자신을 태울 준비가 되어 있는 빛깔—, 눈부시다
　가을을 잊은, 혹은, 가을을 잃은 사람들의 눈에 가장 잘 띄도록
　공중에 걸어둔 표식등 같은 것, 안내 표지판 같은 것
　저 익은 감의 빛깔만큼 가을을 더욱 무르익게 하는 빛깔이 또 있을까?
　들불처럼, 들판을 번져오는 수확의 빛물살들이 마지막 발화점에 모인 것처럼
　빛을 켜고, 최후로 확! 불타오를 때를 기다리는 색깔들을 본다는 것은—, 더욱 눈부시다

　따는 손이 없어,
　땅바닥에 철버덕—, 떨어져 몸 터트리는 것들이
　올해 또, 가지마다 영글었다

　대문 밖에 나앉아 왠종일 동구 밖만 바라보는 할머니의 눈에

도, 감이 익었다

　비계에서 떨어진 후, 牛舍를 짓는 것이 꿈이 된 송이네 척추 굽
은 마당에도 감이 익었다

　평생 낫질로 닳아버린 관절에는 술이 약인 듯, 고추 널어놓은
멍석에서도

　희나리처럼 곯아떨어지는 식이네 뒷마당에도, 감이 익었다

　사람 사는 집보다 폐가가 더 많은 마을

　그 폐가의 뒤뜰에 버려져 뒹구는 農具 같은 나무에도, 주황색
안내판을 내걸었다

　아직은 이곳에 사람이 살고 있다고―, 감이 익었다

落法

밤이 떨어진다
익은 가지가 저절로 떨어트리는 듯한 무게
바람 불어, 바람이 불지 않아도 무심히 손 놓은 듯한 落下
착지점도 없이, 아무렇게나 떨어져내리는 듯 보이지만
거기, 누대에 걸친 연습이 있다. 시뮬레이션이 있다
보라, 밤의 머리에 방석처럼 얹혀 있는 두터운 보호막을, 그 탄
력을
바닥에 떨어질 때, 무게가 쏠린 頭部에 부딪쳐오는 충격을 견
딜 수 있도록
돌 위에 떨어져도, 몸 다치지 않고 일어설 수 있도록 고안된,
그 완충장치를—.
그리고 젖은 풀숲에 파묻혀도 배어드는 습기에 속살 상하지 않
도록
스며드는 寒氣도 막을 수 있도록 솜내의처럼 입혀진 內皮를—.
그 방한방열의 내장재를—.
그 위에 雨衣처럼 덧입혀진, 갑피 같은, 매끄럽고 두꺼운 외피
에 둘러싸인 밤의
유선형으로 좁아드는 하복부에 돋아 있는 짧은 돌기를—. 그
닻을—.

비탈에 굴러 떨어져도 브레이크처럼 멈출 수 있도록
제 살 곳, 제 뿌리 내릴 흙 위에 안착할 수 있도록
송곳의 끝처럼 날카롭게 돋아 있는 그 작은 돌기를 보면
밤의 송이 송이마다 무수히 돋은 가시들마저
부디 밥 굶지 말아라, 양지 바른 곳에서 살아라, 당부하는
分家를 염려하는 안타까운 걱정들처럼 보여
家具이듯, 뿌리쳐도 뿌리쳐도 쥐어주는 근심처럼 보여

밤 한 알의 落下—,

가을의 숲 속에서 나무들이 공중에 아무렇게나 가지 뻗은 듯
보이지만
고목이 되면서 더 무거운 짐 진 듯 땅 가까이 허리 굽히는, 그
연혁에는
이렇게 누대를 걸쳐 이어온 蠶齡이 있다
제 몸 여위며 가꾸어온, 휘드러진 휘드러진 彫琢이 있다

문인수

동백 씹는 남자 외

1945년 경북 성주 출생. 1985년 《심상》으로 등단.
시집 『세상 모든 길은 집으로 간다』 『뿔』 『홰치는 산』 『동강의 높은 새』 『쉬!』 등.
〈김달진문학상〉 〈노작문학상〉 수상.

동백 씹는 남자

한 이레 일찍 온 셈이 되어버렸다.
남해 이 섬엔 아직 동백이 활짝 피지 않았다.
완전 헛걸음했다. 꽃샘바람이 차다.

일행 중 좌장께서
이제 겨우 눈뜬, 쬐끄맣게 핀 동백 한 송이를 꺾어
들고 다녔다. 들여다보고, 향기 맡고, 어린
속잠지만 한 것에 혀 대보고 하더니
어, 먹었다. 아작아작아작 씹어 꿀꺽, 삼켰다.
나도, 둘러앉은 일행도 낄낄낄 웃었다.
그의 안색이 동백 독이 오른 것처럼 잠시
달아오르는 것 같았다.

"선생님, 방금 개 이제 겨우 열일곱 살이거든요."
"알아요."
"그럼, 신문사에 제보할까요?"
"이왕이면 대서특필케 해주시오."

한 장면,

즉흥 퍼포먼스가 수평선 멀리 넘어가고 여러 섬들이
주먹만 한 활자처럼 시커멓게 몰려와 박히는 뱃길이여
봄이 오는 사태만큼 사실 큰 사건은 없다.

지금은 쓸쓸한 춘궁, 그래도 봄날은 올 것이며
씹어 먹어도 먹어도
굽은 등 떠밀며 또 봄날은 갈 것이다.

집 보는 여자

나는 그 돌산의 꼭대기, 집 봤다.

창가에 붙어 앉기만 하면 늘 인수봉 전모가 날 압도했다. 봉우리 자체,
전체가 가파르고도 미끈한 바윗덩어리다. 땀 흘리며 천천히
부드럽게 문지르며 끝까지 잘 올라갈 수 있다.

그 거대한 강직도를 바라보면서 나는 때로 슬슬 숨가빠왔다.
상체를 흔들고 싶었다.
노 젓는 동작 같았다. 나른한 만복감이 있었다.

한강이 내려다보이는 아파트로 이사를 왔다. 이런,
강굽이 어디 뭉툭한 대가리라도 달린 것인지 날 적시며
제 굴처럼 불쑥, 길게 미끄러져 들어오는 느낌이 있다.

나는 단 한 번도 不貞한 적 없으나, 이 놈의 음기만은 否定하지
못하겠다.
바로 옆에
함께 이사 온 외로움이 날 빤히 쳐다보고, 들여다보고 있기 때

문이다.

　난데없는 가랑이로 감당한 그 肉情, 이 강에다 뒷물하진 않겠
다. 하던 대로

　내가 또 지그시 당겨 끌어들이는 중이다. 나는 계속

　이 가정과 가족, 무엇보다 이 한 몸의 적막, 강, 산을 낳을 것이
다.

　나는 저 물결 위의 배, 집 본다.

지네

—서정춘 傳

어머니는 그때 만삭에 가까웠다.
아버지와 어떤 사내가 드잡이를 하고 있었다.
어머니가 한사코 싸움을 말리고 있었는데 그만
누군가의 팔꿈치에 된통 떠받쳐 벌러덩 자빠져버렸다.

나는 태중에서부터 늑골 아래가 아파 몹시 울었다. 세상에 툭,
떨어지자
나는 냅다 더 큰 소리로 울었다.
잠시도 그치지 않고 새파랗게, 새파랗게 질리며 울었다.
1941년 생, 나는 아직도 피고름 짜듯 가끔, 찔끔, 운다.

난 지 삼칠일 만에 늑막염 수술을 받았다.
난 지 두 돌 만에 어머니가 죽었다.
마부 아버지와 형들은 모두 거구였지만 배냇앓이 때문일까, 젖
배를 곯았기 때문일까, "나는 평생
삼 短이다. 체구가 작고, 가방끈이 짧고, 시인 정 아무개의 말
처럼
'극약 같은 짧막한 시'만 쓴다."

가난이야 본래대로 바짝 조여 웅크린 채 견디면 된다.

당시엔 당연히 가슴 쪽에 나 있던 수술 자국이 이 시각,
왼쪽 등 뒤 주걱뼈 저 아래까지 와 있다. 이것은 이미
의학이 잘 알고 있는 현상이긴 하지만 생각컨대
이 징그러운 흉터야말로 몸을 두고 공전하는 기억이지 싶다.
궂은 날,
　지금도 수천의 잔발로 간질간질간질간질 세밀하게 기면서
　씨부럴,
　이 썩을 놈의 슬픔이 또, 온다, 간다.

식당의자

장맛비 속에, 수성못 유원지 도로가에, 삼초식당 천막 앞에, 흰 플라스틱 의자 하나 몇 날 며칠 그대로 앉아 있다. 뼈만 남아 덜 거덕거리던 소리도 비에 씻겼는지 없다. 부산하게 끌려 다니지 않으니, 앙상한 다리 네 개가 이제 또렷하게 보인다.

털도 없고 짖지도 않는 저 의자, 꼬리치며 펄쩍 뛰어오르거나 슬슬 기지도 않는다. 오히려 잠잠 백합 핀 것 같다. 오랜 충복을 부를 때처럼 마땅한 이름 하나 별도로 붙여주고 싶은 저 의자, 속을 다 파낸 걸까, 비 맞아도 일절 구시렁거리지 않는다. 상당기간 실로 모처럼 편안한, 등받이며 팔걸이가 있는 저 의자,

여름의 엉덩일까, 꽉 찬 먹구름이 무지근하게 내 마음을 자꾸 뭉게뭉게 뭉갠다. 생활이 그렇다. 나도 요즘 휴가에 대해 이런저런 궁리 중이다. 이 몸 요가처럼 비틀어 날개를 펼쳐낸 저 의자, 홀가분해졌다.

저기 자릴 잡은 의자, 지금은 참으로 안심인 것 같다. 의자야말로 의자의 세계를 진정 잘 알고 있을 거다. 쉰다. 젖어도 젖을 일 없는 전문가, 저 정도는 돼야 가볍겠다. 그런데 어, 웬일! 방금 하

품한 것 같다. 허전하겠다.

동행

그의 지친 모습은 처음 본다. 챙 아래 가린 것처럼 어두운 저
이마가 원천일까, 자꾸 배어나와 번지는 어떤 그늘이 젊은 이
목구비와 체격까지 모두
소리 없이 감싸고 있다. 얼굴에, 어깻죽지에 발린 그의 마음인
데 그 표정이
지금은 잠시도 그를 떠나지 않을 것 같다.

그래, 불한당 같은 망발의 빡빡한 일정 탓으로 목 위 머리가 너
무 무거운 것 같다. 그는 무리해서 일부러 내게 들렀다.
배려에 대해 나는
코미디든 개그든 이 가을 채소처럼 한 광주리 너풀너풀 담아
안겨주고 싶지만
시간이 이십여 분밖에 없어
내 쪽에서 그만 어둑어둑 물들고 만다.

그는 막차로 떠났다. 밤 열 시 사십 분 발,
버스에 오를 때 좌석에 앉을 때 내게 손 흔들어줄 때 그를 밀어
주는, 내려놓는, 한 번 웃는 등
미색 롱코트를 걸친 저 기미가 얼른얼른 그를 추스르는 것

본다.

　버스가 출발하고… 보이지 않는다. 육신도 정신도 아니고 이건
또 어디가 부실해지는 것인지
　사람하고 헤어지는 일이 갈수록 힘겨워진다. 자꾸, 못 헤어진
다.
　나는, 용기를 낸 긴 팔처럼 그에게 전화를 한다. 잘 가라고 아
예, 푹 자면서 가라고
　안전벨트를 매라고 아니, 깊이 기대앉으라고 말해준다.

어둠의 입술

이런! 뒤적거리던 주간지를
제자리에 툭 던져둔다. 울며불며 부둥켜안고
하염없이 저어 저어간 도착과 애증, 전등을 끄니 당장 깜깜하
다.
대낮인데도, 방값이 헐한데도 이 여관은 이부자리와 함께
촘촘하게 짠 어둠까지 서비스하는 것 같다.

어둠 속에,
벽에, 새빨간 등 하나가 역천처럼 붙어 곱게 피어나면서
침대 모서리며 텔레비전 같은 것들의 윤곽을 천천히 조금씩,
나지막하게 말하고 있다.

저 입술, 립스틱 향기가 진하다. 독일까, 중독됐을 것이므로
미친 듯이 빤 식용이었겠다.

暗燈

수평선쯤에 걸린 좌초 같다. 고백은 난생처럼 제 감옥을 깨는
구나.

방 안이 침침하게나마 여기까지 풀려나 있다.

이 비밀은 전신 피부가 파멸에 덴 듯 까무잡잡하다. 그 아비와
그 딸이 자주
거세를 꿈꾸며 먹물처럼 구토하며 구워 먹은 참혹한 사랑,
눈을 찔러 달아나고 싶은 지난날이어서 그렇다.

더 이상 발설치 마라, 자야겠다. 이 지옥의 적막한 귀 하나가
이제
너의 무덤이며, 코를 골며 곯아떨어질 순장자일 것이다.

지금 먼 밤배 같은 너,
저 치명의 입구가 떨고 있다.

없다

칸이 여럿 달린 죽음이 지나갔다.

途中에, 그쪽으로 가던 숱한 볼일들이, 그들의 운명이 일괄 블
랙홀 속으로 사라져버리고 없다. 조금 전 분명 잘 만져졌던 그 마
음, 방금 여기 함께 살던 이들 한 부대처럼 엮여 어디론가 급히
실려가버리고 없다.
악수하고 껴안을 수 있는, 한 대 쥐어박으며 오해를 풀 수 있
는, 간질이며 장난칠 수 있는 몸,
아 이 순간 가장 생생하게 피어오르는 그
얼굴, 꽃 진 자리처럼 느닷없이, 문득

없다.

비명으로 꽉 찬 시꺼먼 창고 같다. 불탄 지하철 내부 대리석 기
둥이며 벽면에, 기껏 그을음일 뿐인 火魔 위에 깜깜한 자필로, 사
람들은 손가락으로 문질러 쓴다.
인생이란 미처, 그리고 마저 사랑하지 못한 내용일까

"보고 싶다"고, "우리 꼭 다시 만나자"고

흰 국화, 징검다리 놓으며 썼다.

손택수

초승달 기차 외

1970년 전남 담양 출생. 1998년《한국일보》로 등단.
시집『호랑이 발자국』『목련 전차』등.
〈신동엽창작상〉수상.

초승달 기차

달이 기운다

달이 기우는 속도로

기차가 휘어진다

직선으로, 무작정 내달려온 땅을

가만히 안아보는 기차

상처투성이 산허리를

초승달이 품는다

달 속에서 기적이 울린다

나무의 수사학

꽃이 피었다,
도시가 나무에게
반어법을 가르친 것이다
이 도시의 이주민이 된 뒤부터
속마음을 곧이곧대로 드러낸다는 것이
얼마나 어리석은가를 나도 곧 깨닫게 되었지만
살아 있자, 악착같이 들뜬 뿌리라도 내리자
속마음을 감추는 대신
비트는 법을 익히게 된 서른 몇 이후부터
나무는 나의 스승
그가 견딜 수 없는 건
꽃향기 따라 나비와 벌이
붕붕거린다는 것,
내성이 생긴 이파리를
벌레들이 변함없이 아삭아삭
뜯어먹는다는 것
도로변 시끄러운 가로등 곁에서 허구한 날
신경증과 불면증에 시달리며 피어나는 꽃
참을 수 없다 나무는, 알고보면

치욕으로 푸르다

넝쿨의 시간

베란다 내벽에 금이 우글우글하다
담쟁이
넝쿨이 집을
휘감고 있는 것 같다
이 집에 사는 몇 해 동안
내 얼굴에도
잔금이 생겼다
결석을 품고
이마를 찡그리던 밤을 다
기억하고 있다는 듯
넝쿨이 이마 끝까지 뻗어올랐다
이대로 무너질 순 없다
벽이 무너지면 넝쿨도 사라지는 것 아닌가
넝쿨에 양분을 대는 건 사실
벽의 견딤이 아니던가
간신히 버텨보던 시간도 가고
밤이면 낡은 아파트 벌어진 틈으로
숨소리가 들려온다
뭉쳐진 돌이 부서지는 소리,

틈을 벌리는 줄기 속에서 씨앗들 움트는 소리

지독한 나무

　가만 보니 나무도 독한 데가 있다. 무슨 자해공갈범처럼 가을 들면서 나무는 제 몸에 상처를 낸다. 매달린 나뭇잎을 떨어트리기 위해 쓱싹쓱싹 톱질하는 소리가 들린다. 사랑이 생활이었다고, 생활을 잃어버리면 나는 어떻게 사느냐고, 겨울 다 가도록 떨어지지 않는 이파리 하나 때문에 나도 한 세월을 망친 적이 있지만

　나무는 아무래도 독종이다. 나무는 제 상처 속에서 말간 진물을 퍼올린다. 진물로 쓰리디 쓰린 환부를 감싸 안는다. 온몸에서 솟아나는 샘물에 목을 적시러 오는 잎벌레, 언젠가 한 마리 푸른 잎벌레가 되어 나도 네 무르팍 상처를 핥아준 일이 있었던가. 아릿아릿 환하게 아파오는 상처에 목을 적신 일이 있었던가.

입을 틀어막고 내는 종소리

신어사 종루의 당목은
코르크 마개 같은 막대기에
주둥이를 틀어막힌 목어다
재갈을 물리듯 창자 속까지 쑤셔넣은
막대기를 물고
두 눈 부릅뜬 목어,
마개를 뽑으면 수백 년 묵언정진
잘 익은 말들이 향그럽게 쏟아져나올 것도 같은데,
구업口業에 병든 몸을 벗어날 수 없다는 듯
다물어지지 않는 입으로 종을 쳐댄다
묵묵히 제 안의 들끓는 말들 모두 꽉
틀어막고, 입술이 터져라
쇠종을 향해 부딪친다

수정동 물소리

수정동 산비탈 백팔계단에 서면 통도사 금강계단이 겹친다

산복도로 내가 오를 계단 끝엔 가난한 불빛 한 점이 있고,
통도사 금강계단 끝엔 부처님
진신사리가 있다

살아가는 게 묘기로구나, 벼랑 위에 만든 계단이여, 끝없이 관
절을 꺾는 힘으로 찾아가는 집이여, 가슴에 든 멍이 까맣게 죽은
빛을 하고 밤이 찾아오면

불이 물소리를 켠다
금강계단 가물가물 번져가는 연등 속에서
부은 발을 어루만지는 물소리가 흘러나온다

저린 무릎 짚고 한 단 두 단 꺾어졌다 펴지는 물소리, 다친 모
서리를 쓰다듬으며 하염없이 출렁이는 물소리

흘러내려간다, 부산 앞바다
그 너머 수평선

가슴에 든 멍이 쪽빛이 될 때까지는

토하

통통하게 살찐 냉동 土蝦를 손에 쥐자
새우가 톡, 튀어오른다

죽은 줄만 알았더니
참았던 숨을 파―
하고 터뜨리듯
깨어난 새우

마취가 풀리면서 꼬리가 연신 손바닥을 쳐댄다
으쯔쯔쯔 뭉쳤던 피가 기지개를 켜면서
굳은살 박인 내 손바닥이 무슨
연못이라도 된다는 듯
냇물이라도 된다는 듯

토하, 얼얼해진 손바닥 위로
근지러운 흙냄새를 토해낸다

엄원태

애가 외

1955년 대구 출생. 1990년 《문학과사회》로 등단.
시집 『침엽수림에서』 『소읍에 대한 보고』 등.

애가

이 저녁엔 노을 핏빛을 빌려 첼로의 저음 현이 되겠다 결국 혼자 우는 것일 테지만 거기 멀리 있는 너도 오래전부터 울고 있다는 걸 안다 네가 날카로운 선율로 가슴 찢어발기듯 흐느끼는 동안 나는 통주저음으로 네 슬픔 떠받쳐주리라 우리는 외따로 떨어졌지만 함께 울고 있는 거다 오래 말하지 못한 입, 잡지 못한 가는 손가락, 안아보지 못한 어깨, 오래 입맞추지 못한 마른 입술로……

애월

하귀에서 애월 가는 해안도로는
세상에서 가장 짧은 길이었다

밤이 짧았다는 애긴 아니다
우린 애월포구 콘크리트 방파제 위를
맨발로 천천히 걷기도 했으니까
달의 안색이 마냥 샐쭉했지만 사랑스러웠다
그래선지, 내가 널 업기까지 했으니까

먼 갈치잡이 뱃불까지 내게 업혔던가
샐쭉하던 초생달까지 내게 업혔던가
업혀 기우뚱했던가, 묶여 있던
배들마저 컴컴하게 기우뚱거렸던가, 머리칼처럼
검고 긴, 밤바람 속살을 내가 문득 스쳤던가

손톱반달처럼 짧아, 가뭇없는 것들만
뇌수에 인화되듯 새겨졌던 거다

이젠 백지처럼 흰 그늘만 남았다

사람들 애월, 애월, 하고 말한다면
흰 그늘 백지 한 장, 말없이 내밀겠다

메간

메간은 네 살 아이 몸피를 지녔지만 실제 나이는 열 살. 할아버지 같은 얼굴을 가졌다. 세상에 단 네 명뿐인 희귀병 '프로제리아'를 앓고 있지만, 아픈 내색 하나 없다. 이제 열세 살이면 다만 늙어서, 죽어야 한다. 하루를 두 달만큼씩이나 성큼성큼, 살아갈 터이다.

할아버지 얼굴 메간, 생의 이슥한 골짜기와 깊은 그늘, 일찌감치 들여다보며 그것들과 함께 살았다. 그럼에도 불구하고, 어쩔 수 없이, 고스란히, 아이 마음이다. 아이 마음으로, 죽을 준비가 되어간다는 건 도대체 어떤 것인지.

또 그럼에도 불구하고, "나의 수호천사. 살아가는 이유!"라고 메간 엄마는 단호하게 말한다. "천사처럼 와준 메간을 통해 사랑이란 걸 알게 되었어요!"라고 확신에 찬 어조로 말한다. 다만 한 가지 확실히 알 수 있는 건, 엄마 마음도 고스란히, 아이 마음이란 것.

동네 아이들과 야구를 하던 메간, 집에 돌아오자 최근에 죽은 같은 병 친구 요사가 준 인형을 보여주며 수줍게, 웃는다.

안면수목원安眠樹木園

1

빗겨 여위어가는 겨울 햇살에도 비탈 산죽 이파리들은 반짝인다 제 몸에 닿는 미미한 햇살마저 온몸으로 가차 없이 되쏘아내는 이파리들, 그 순전한 반짝임에는 글썽임이 있다

2

쟁강쟁강, 소리 내며 떨어질 것만 같은 물방울들, 저미듯 알알이 맺혀 있다 아그배나무 짓이다 아니, 아그배나무 까만 열매들 짓이다 떨어져야 할 때를 놓친, 열매들 짓이어서, 뭐라 원망조차 못한다 그저 하염없이, 차고 맑아서, 조금 쓸쓸할 뿐

3

붉은 소나무 밑둥들을 가린 채, 아침 물안개 자욱하다 말발도리나무 마른 줄기들 검붉게 얼룩진 비탈을 끼고, 사람들 기껏 우

산 하나로 수목원 간다 녹나무는 설움 잘 타는 입양아처럼 가는
비에도 온몸 젖어 입을 삐죽인다 물안개는, 이승에도 저 너머 어
딘가가 있다는 것을 다만 뿌옇게 감춤으로써 보여주고 있다

어두워질 때

금호강 방죽 위를 걷는다
해는 저물었지만
잉크병 같은 박명薄明의 푸른빛이 있다
오래전부터 이 시간을 사랑하였다
강변 풍경엔 뭔지 모를 이끌림 같은 게 있다
어스름이란, 마음에도 그늘처럼 미미微微한 흔적을 남긴다
강바닥 버드나무들은 언제부턴가 둥근 무덤들을 닮았다
그때 너를 놓아 보냈던 게
내 손아귀 안간힘이 다해서였던가,
생각하면 모래알같이 쓸쓸해지지만 여한은 없다
해오라기 하나 물에 발을 담그고 가만히 있다
저대로 밤이라도 새우려는지,
가슴께에 보드라운 흰 털이 바람에 부스스 일어난다
새들도 저처럼 치명적인 상처를 가졌다
나는 가슴을 가만히 쓸어본다
버드나무에 걸린 지난 홍수의 비닐조각들은
내 등허리에도 통증처럼 걸려 있다
하지만 그 어떤 미련도 남아 있지 않다
이제 곧 밤이다

나무 성당

푸조나무 성당에 다녀오면
고해하지 않아도 죄 다 사해진 거 같네
이슬바심 발목 적시며 아침마다 다녀오네
나뭇잎 사이 빛나는 햇살 성체조배라네

허물이래야 기껏
발치에 매단 매미 허물 몇 개가 전부인 나무는
하지만 단 한 번도 내 허물 탓한 적 없네

매미들은 올해도 어김없이
제 허물 나무에 고스란히 벗어두고 승천했네
땅속 궁구가 그 어떤 뜻에 다다랐을 때
기도하는 자세 그대로 거듭난 것
뒷덜미의 날카로운 상처는
거듭난 영혼의 예리함을 보여주지
찢어지는 저 울음소리가 그걸 말해준다네

푸른 그늘 서늘한 나뭇잎 궁륭은
잠시 경건해지기 적당한 높이라네

일테면 내 가슴에도 서늘한 궁릉이 따라 생기곤 하지

푸조나무 성당에 다녀오면
내 죄 다 사해진 거 같다네

저녁 일곱 시

저녁의 창문들은
제 겨드랑이를 지나간 바람이나
이마 위로 흘러간 구름들을 생각하느라
골똘하고 고요하다

나도 하루 종일
어떤 생각이란 것에 매달린 셈이다
한동안 뜨겁게 나를 지나간
끝내 내 것 아니었던 사랑에 대해서라면
할 말이 그리 많지 않다

이 푸른 저녁 공기는
어떤 위안의 말도 전해준 바 없지만
나는 이미 충분히 위로받은 것이다
뒤늦게 집으로 돌아가는 흰죽지새의
쭉, 경련하듯 뻗은 다리의 헛된 결기를 보면 안다

저녁 일곱 시
하루가 얼마 남지 않았다는 건

벌겋게 타오르던 노을이
쇠잔해져 어둠에 사그라지는 것만 봐도 안다
마지막 네 눈빛이 그러하였다

이정록

개나리꽃 외

1964년 충남 홍성 출생. 1993년 《동아일보》로 등단.
시집 『벌레의 집은 아늑하다』 『풋사과의 주름살』
『버드나무 껍질에 세들고 싶다』 『제비꽃 여인숙』 『의자』 등.
〈김수영문학상〉 〈김달진문학상〉 수상.

개나리꽃

개나리 활대로 아쟁을 켠다
아쟁은 아버지 같다, 맨 앞에 앉아 노를 젓지만
물결 소리는 가라앉고 거품만 부푼다
황달에서 흑달로 넘어간 아버지
백약이 무효인 개나리 울 아버지
해묵은 참외꼭지를 빻아서 콧구멍에 쏟아붓고는
숨넘어가도록 재채기를 한다, 절대 안 되여
사약이여 사약, 한약방에서 절레절레 고갤 흔든
극약처방이 노란 콧물을 뿜어올린다
오십 년 묵은 아버지 콧구멍, 개나리 꽃사태다
이렇게 살아 뭐혀, 두두두 무너지는 북소리
몸 뒤집은 아쟁이 마룻장을 두드린다
이제는, 배도 노도 갈앉은 지 십수 년
속 빈 개나리 활대로 아쟁을 켠다
개나리나무는 내공 깊은 속울음이 있다
마디도 없는 게 악공이 되는 까닭이다
개나리 꽃그늘에 앉으면 자꾸만 터지는 재채기
아쟁 소리 위로 노란 기러기발 끝없이 날아오른다
다시 황달로 돌아온 아버지처럼, 봄은

극약처방 없이는 꼼짝도 않는다

눈을 비빈다는 것

첫나들이 나온
아기 참새들이 종알대고 있어요
저 혼자 날아가지도
흩어지지도 말라고
어미가 다짐받고 있네요

한참 만에 어미 참새가
벌레 한 마릴 물고 왔어요
막막한 세상으로 아기들이
다 날아가버렸는데 말이에요
다섯 마리 가운데 무녀리 한 마리
녀석의 마지막 끼니가
앙다물려 있네요

어미의 벙어리 울음을
벌레의 솜털이 다 받아내고 있어요
하늘을 날아온 저 벌레의 집에도
남은 식구들의 목메임이 있겠지요
일파만파, 세상을 조여오는 그 몸부림이

어미 새의 젖은 눈길과 만나면
회오리가 일겠지요

삼킬 수도
내려놓을 수도 없는
슬픈 실타래, 허공에 가득할 테니
눈을 비비는 거겠지요
그댈 만나러 갈 때마다
참새처럼 작아지는 거겠지요
눈꺼풀이 떨리는 거겠지요

갈대

겨울 강, 그 두꺼운

얼음종이를 바라보기만 할 뿐

저 마른 붓은 일 획이 없다

발목까지 강줄기를 끌어올린 다음에라야

붓을 꺾지마는, 초록 위에 어찌 초록을 덧대랴

다시 겨울이 올 때까지 일 획도 없이

강물을 찍고 있을 것이지마는,

오죽하면 붓대 사이로 새가 날고

바람이 둥지를 틀겠는가마는, 무릇

문장은 마른 붓 같아야 한다고

그 누가 一筆도 없이 揮之하는가

서걱서걱, 얼음종이 밑에 손을 넣고

물고기비늘에 먹을 갈고 있는가

명창

　막 오줌을 가리기 시작한 돌배기 사내애가 바싹 마른 빈 우유
곽에 작은 고추를 디밀어넣고는 핏발 선 얼굴로 오줌을 갈기는
데, 천지간에 그리도 유쾌하고 장대한 폭포 소리라니, 새끼들 밥
숟가락 부딪는 소리와 책 읽는 소리와 가문 논에 물 잡는 소리가
가장 듣기 좋은 소리라는데, 여기에다 이 오줌발 한 자락을 더하
니 드디어 완창이라. 우유곽 속에 숨어 있던 그 어린 소리꾼의 새
끼손가락만 한 목젖을 한 번만이라도 볼 양이면 두 눈 두 귀가 확
터져서 세상 잡것들도 모두 귀명창이 되는 것이렷다.

메추리알

자이툰부대 군복 같다

戰役이 아니라 이젠 轉役이다

땀 뺀 놈에겐 소금이 약, 훌훌 벗겨 접시에 놓으니

손발 잘려나간 소년소녀들 눈망울이 그득하다

따가워라, 눈알 저편에서 솟구치는 모래바람

간절함이란 메추리알의 얼룩무늬처럼 슬픈 것

번짐과 스밈의 절정까지 얼마나 미주알을 옴찔거렸나

대대손손, 얼마나 많은 기도가 똥구멍 찢어지게 밀려나올거나

다시 후래자 석 잔, 빈 소주병을 포탄인 양 들여다본다

이 거짓 푸르름을 어디에다 터뜨려버릴 것인가

잔을 들자, 방아쇠를 그러쥔 듯

검지와 장지가 차갑게 굳는다

까치내

개가죽나무 두 그루 서른 살이 넘었네
동쪽 개가죽이 아침햇살 받아 그늘을 건네고
서쪽 개가죽이 저녁노을 받아 어스름 건네네
올해엔 마을로 쳐들어오는 태풍 들이받고는
동쪽이 서쪽에게 몸을 맡겼네, 잔바람에도
온몸이 울음통 되어 삐걱거리는 개가죽
시끄러워 죽겠으니 베어버리자고, 어르신들
마을회관에서 헛기침을 내려놓던 며칠
까치 한 쌍이 개가죽의 신음에다 검은 천을 감았네
알도 한 꾸러미나 낳았네, 호들갑스런 사랑노래에
새끼 까치들도 화음을 맞췄네
사람人字 한번 진하게 써났구면
삐걱대던 소리가 먹 가는 소리였네그려
까치집이 나중인 줄 모르는 사람들은
넘어지면서도 까치집은 잘 간수했다고
개가죽이 참가죽으로 성불했다고 빙긋이 웃네
거참 신통허네, 어느 쪽이 버팀목인 거여
충청남도 청양 대치면 지천에 가면
하늘 쪽으로 흘러가는 시내가 있네

오작교까지 올라가는 까치내가 있네
비바람 맞으면 먹물 더욱 진해지는
키 큰 사람, 등을 기대고 있네

하늘 접시

　시골 어머니를 위해 누님은 에어컨과 스카이를 달아드리고 아우는 텔레비전과 청소기를 사드렸는데, 맏아들인 나는 병아리 눈곱만큼 나오는 전기세와 벙어리 전화세 내드리는 게 전부다

　그런데 누님은 누님이시다

　누님이 달아드린 그 위성케이블이 치매 걸린 광줄댁, 풍 맞은 대밭머리 아주머니, 수다와 버캐가 전문인 박달자 할머니까지, 동네 과부들을 어머니 방에 다 모이게 하는 것이다. 모두 모여 벌건 대낮에 홀러덩 식식거리는 영화를 꼴깍꼴깍 보고 계시다. 이 집 텔레비는 원제 저리 다 벗겨 났다? 어이쿠, 어이쿠, 저 양코배기들 방아 찧는 것 좀 봐. 풍 맞은 몸으로 흉내 내려니 반쪽만 에로배우다. 굳은 한쪽 팔다리는, 주책 좀 그만 떨라니까! 젊어 떠난 서방이 엉거주춤 옷섶 추슬러주는 듯하다. 풍 맞고야 앞서 간 남편과 몸을 섞다니.

　누님은 역시 누님이시다

　함박꽃 틀니들, 공옥진 초청공연이 따로 없다. 웃음바다에 둥

둥둥 떠가는 치매의 복사꽃잎들. 떠돌이 약장수에게 약 들여놓는 일도 없어졌다. 이제 나는 노파 전용 영화관의 맏아들이 된 것이다. 돌아가시기도 전에 벌써 스카이 라이프라니! 짠하기도 하지만, 누님은 역시 누님이시다. 녹슨 처마 끝 천국의 접시여. 하느님도 세상 재미가 쏠쏠하신가? 새털구름 불콰한 하늘 접시여.

정끝별

백년 묵은 꽃숭어리 외

1964년 전남 나주 출생. 1988년《문학사상》으로 등단.
시집『자작나무 내 인생』『흰 책』『삼천갑자 복사빛』등.

백년 묵은 꽃숭어리

반 백년하고 반의반 백년을 묵은
배 안쪽으로 겹겹이 접혀지는 수평선
엄마는 한 손으로 수평선 한 자락을 처억 들어올려
초록색 이태리 타올로 쓰윽쓰윽 문지르곤 하신다
처억 그 밑자락을 들어올려 보면
흰 거품에 뒤덮인 꽃무리
밑에 밑자락까지 사태진 튼 살들

제 나온 배에게서 제 들어갈 배에게로
누가 펼쳐놓았을까 저리 소스라치게
여자라고 불리는 약간 깊은 수평선에
우리를 태웠던 백년 묶어가는 배 위에
잎잎이 물비늘진 바람의 희디흰 흉터들
은어떼였을까 거슬러 가고픈 움푹 발자국들
깜빡 잊고 벗어놓은 속치마 같은
배꼽에서부터 피어나는
아직 더운 사방연속의 상형문자들

내 배 한가운데 내가 묶여 짜고 있는

백년 묵은 누런 꽃숭어리의 저 주술

여여

히말라야 어디쯤에 있다는 샹그리라
자욱한 당신 눈빛을 바라볼 때마다
샹그리라의 만년설을 떠올리곤 했는데
오랜 두절 후 보낸 편지 말미에 붙은
여여如如라는 말
주문처럼 내 입에 붙어버린 여여
여여라 되뇌일 때마다
입 안 저 속부터 무궁무진 울려오는
뱃속에서 주고받았던 입말의 옹아리
저기 정한수 앞에 엎드린 엄마의 비나리
백수광부를 불렀던 공후인의 노랫가락
저기 저것, 삼신할미가 남기고 간 발자국 소리
본래의 여여 다만 그대로의 여여
그게 다 여자 입에 고여 있었다니
몸속을 가로지르는 최초의 강물처럼
가파른 여울마다 바람에게 남긴 고수레처럼
지금 여기의 여여 이 순간의 여여
한 눈 사나이가 가고 한 눈 사나이가 오는 사이
한 세기의 레일이 깔리고 한 세기의 레일이 묻히는 사이

여여 속에 깃든 샹그리라
아직 태어나지 않은 푸르스름한 내 아들
샹그리라 당신도 여여하신지요?

늙은 오동 마당

오동 속에는 풋별이 토닥토닥 돋아나고
오동 속에는 칙칙폭폭 바다로 달려가는 눈물이 솟고
오동 속에는 전생의 바위로 눌러놓은 이생의 처마가 그늘 깊고

오동춘야 오동꽃 피면 오고
오동춘야 오동꽃 지면 가고마는
오동광 속 붉은 머리 봉황새

오동 속에는 서말의 구름이 홀연하고
오동 속에는 달그락거리는 소리 다정하고

오동추야 오동잎 지면 오고
오동추야 서리꽃 피면 가고마는
오동 속 벼락 같은 생이 한 채
금 간 자리에 남은 저 구성진 가락

오동동 오동동 피고 지는 것들
오동동 오동동 오고 가는 것들
십오야 늙은 오동 밤 내내

십이월의 사과꽃

달디단 사과 냄새를 피우며
삼천 창공의 구름밭에서 피어나는
천만의 흰 꽃들
너는 본디 내 몸에서 나온 물의 새끼들
한밤내 한 남자가 피워내는 일억 송이
한평생 한 여자가 피워내는 수백만 송이
삼천 창공의 구름밭에서
한 생각이 왔다가는 깜빡 사이에
천불난 송이 송이를 씨 뿌리고 있다니,
지금도 너는
사각사각 사과 깎는 소리를 내며
차디찬 이 약속의 별에 내려앉고 있다니,
밥 한술을 뜨고
국 한술을 뜨는 사이
천 조兆의 날개를 접었다 펴곤 한다니,
밤새 휘날리는
한 송이 송이에서
흰 사과꽃이 피어나고
연이어 붉은 사과가 열릴 것이다

한 송이 송이가
우화등선羽化登仙의 약속이다

캐스터네츠 썬데이

오라는 데는 없고 갈 데도 없고 일어나기는 싫고 이미 허리는
끊어질 것만 같은데 벌써 오후 세 시예요
  아랫배가 캐스터네츠처럼 벌어졌어요
  딱 딱 딱 꾸꾸루꾸꾸 빈 뱃속의 노래
  이제 뒤꿈치를 높이 쳐들고 나서야 해요

  허리를 활처럼 당겨 뜨거운 플라맹고를 추며
  팝콘처럼 톡톡 튀는 세븐업을 사들고

  오후 세시 캐스터네츠는 꾸꾸루꾸꾸
  노래만 부르다가는 배꼽은 뚫리고 말 거예요

  오라는 데는 없고 갈 데도 없고 일어나기는 싫고 이미 허리는
끊어질 것만 같은데 벌써 오후 세 시예요
  온 생의 써니 썬데이를 출 거예요
  새들을 털어내는 가지처럼 기지개를 켜고
  발꿈치마다 도주의 박차를 달고

  당신의 썬데이를 떠받치고 선

잔뜩 힘이 들어간 위태로운 발끝들
캐스터네츠는 언제나 입을 벌리고

따라락 딱 딱 꾸꾸루꾸꾸 튀어오를 수 있을까
캐스터네츠 썬데이, 건너뛸 수 있을까

막고 품다

김칫국부터 먼저 마실 때
코가 석 자가 빠져 있을 때
일갈했던 엄마의 입말, 막고 품어라!
띄엄띄엄 무슨 말일까 싶었는데
서정춘 시인의 마부 아버지 말을 듣는
미당이 알아봤던 진짜배기 시인의 말을 듣는
오늘에서야 그 말을 풀어내네
낚시질 못하는 놈, 둠벙 막고 푸라네
빠져나갈 길 막고 갇힌 물, 다 푸라네
누구에게 맞든 무엇을 막든
누구를 품어 안든 무엇을 품어 내든
길이 막히면 길에 주저앉아 길을 파라네
열 마지기 논둑 밖 넘어
만주로 일본으로 이북으로 튀고 싶으셨던 아버지도
니들만 아니었으면, 을 입에 다신 채
밤보따리를 싸고 또 싸셨던 엄마도
막고 품어 일가를 이루셨다
얼마나 주저앉아 막고 또 품으셨을까
물 없는 바닥에서 잡게 될

길 막힌 외길에서 품게 될
그 고기가 설령
미꾸라지 몇 마리라 할지라도
그 물이 바다라 할지라도

깊숙한 이빨

낚싯줄에 끌려나오면서도
한번 문 미끼를 놓지 않는 작은 상어
한번 문 작은 상어를 놓지 않는 큰 상어
낚싯줄을 놓지 않는 낚시꾼에게 끌려나오면서도
꽉 다문 이빨 열지 못하고
끌려나와서도 부릅뜬 눈 닫지 못하고
큰 상어가 작은 상어를 문 채

이빨 없는 입이 이빨 빠진 입이 될 때까지
이빨 없는 입이 입 없는 이빨이 될 때까지
서홉 밥 칠홉 국에 벌린 입들
무가내의 이빨들

신석기 적 고인돌처럼
대책 없이 솟아 있는 아버지의
누런 대문니 하나

역대수상시인 근작시

찬미 귀뚜라미 외
정 현 종

고요 외
오 규 원

껌 외
김 기 택

정현종

찬미 귀뚜라미 외

1939년 서울 출생. 1965년 《현대문학》으로 등단.
시집 『사물의 꿈』 『사랑할 시간이 많지 않다』 『세상의 나무들』 『갈증이며 샘물인』 『견딜 수 없네』 등.
〈이산문학상〉 〈대산문학상〉 〈현대문학상〉 〈미당문학상〉 수상.

찬미 귀뚜라미

가을이 오기는 했다마는
무슨 섬돌이라고
내 책상 아래서
소리를 내고 있는 귀뚜라미야,
네 맑은 음악
네 깨끗한 소리
그다지도 열심히
그침 없이 오래오래
내 귀에 퍼부어
귓속에
마르지 않는 샘물을
세상에서 제일 맑은 샘물을
솟아나게 하고 있는
귀뚜라미야,
지난여름의 내 게으름과
게으르기 쉬운 정신을 일깨우는
17mm 작은 몸의
날개에서 울려내는
너의 소리는, 예컨대,

저 모든 종교라는 것들의 경전들을
다 합해도 도무지
그 근처에도 가지 못할
말씀이시다 실솔蟋蟀이여,
내가 알아들을 때까지
(실은 들리자마자 알아들었거니와)
열심히, 의도한 듯 열심히,
내 귀에 퍼부어
내 가슴을
세상 제일 맑은 샘물의
발원지로 만들고 있는
실솔이여.

구두수선소를 기리는 노래

거리에 여기저기 있는
구두수선소,
거기 앉아 있는 사람은 한결같이
평화롭다.
마음은 넘친다―
바라보아도 좋고
앉아 있어도 좋다.
작아서 그럴 것이다.
낮아서 그럴 것이다.
그런 것들보다 더한 성소聖所는 없기 때문일 것이다.
우리가 비로소
제자리에 있기 때문일 것이다.

이삿짐

이삿짐은
모든 이삿짐은
도무지 거룩하기만 해서
똑바로 쳐다볼 수도 없다.

공중에 들어올려진 손

괴테의 『친화력』을 읽고 나서
숙연한 감동 속에서
나는
내 손이
나도 모르게
공중에 들어올려져 있는 걸 보았다.
나는 이미
그 손을
바라보고 있었다.

세상의 제도와
도덕 위로
미끄러지는
마음의 자연은
(진지한 유희본능은)
숨어 있는 세상들을
새록새록 열어 보이고,
어떤 사람의 저
가차 없는 진정성은

나를 다시 태어나게 한다.
(그건 지구의 자전과 공전)

공중에 들어올려진
손.

고요여 · 2

봄 산
어린 잎
만지고 또 만지며
오르다가
낙엽 위에 앉아
저쪽
산과
골짜기를
바라보노라니
순식간에
마음은
고요하여.
고요하고
고요하여.
(고요하면
살리라)

가없는
고요여,

마음의 생살이여.

흙냄새·2

흙냄새를 맡고 나서
침을 삼키니
침이
달다!

옛날의 행운

젊은 시절에요
아무것도 없었는데
걱정도 없었고
두려움도 없었어요.
친구들도 그렇고
선생님도 그렇고
무엇보다도
마음이 있었어요.
그걸 내놓고
먹으라고
먹으라고 했어요.
참 행운이었어요.

오규원

고요 외

1941년 경남 삼랑진 출생. 1968년《현대문학》으로 등단.
시집『분명한 사건』『순례』『왕자가 아닌 한 아이에게』『이 땅에 씌어지는 抒情詩』
『가끔은 주목받는 生이고 싶다』『사랑의 감옥』『길, 골목, 호텔 그리고 강물소리』
『토마토는 붉다 아니 달콤하다』『새와 나무와 새똥 그리고 돌멩이』등.
〈현대문학상〉〈연암문학상〉〈이산문학상〉〈대한민국예술상〉 수상.

고요

라일락나무 밑에는 라일락나무의 고요가 있다
바람이 나무 밑에서 그림자를 흔들어도 고요는 고요하다
비비추 밑에는 비비추의 고요가 쌓여 있고
때죽나무 밑에는 개미들이 줄을 지어
때죽나무의 고요를 밟으며 가고 있다
창 앞의 장미 한 송이는 위의 고요에서 아래의
고요로 지고 있다

오후

아침에는 비가 왔었다
마른번개가 몇 번 치고
아이가 하나 가고
그리고
사방에서 오후가 왔었다
돌풍이 한 번 불고
다시 한 번 불고
아이가 간 그 길로
젖은 옷을 입고 여자가 갔다

길

길에 그림자는 눕고 사내는 서 있다
앞으로 뻗은 길은 하늘로 들어가고 있다
사내는 그러나 길을 보지 않고 산을 보고
사내의 몸에는 허공이 달라붙어 있다
옷에 붙은 허공이 바람에 펄럭인다
그림자는 그러나 길이 되어 있다

강변

잠자리들이 허공에 몸을 올려놓고 있다

뜰에는 고요가 꽉 차 있다

잠자리들이 몸으로 부딪쳐도 뜰의 고요는 소리가 나지 않는다

쓰르라미가 쓰―하고 울려다 그만두어버린다

부처

남산의 한중턱에 돌부처가 서 있다
나무들은 모두 부처와 거리를 두고 서 있고
햇빛은 거리 없이 부처의 몸에 붙어 있다
코는 누가 떼어갔어도 코 대신 빛을 담고
빛이 담기지 않는 자리에는 빛 대신 그늘을 담고
언제나 웃고 있다
곁에는 돌들이 드문드문 앉아 있고
지나가던 새 한 마리 부처의 머리에 와 앉는다
깃을 다듬으며 쉬다가 돌아앉아
부처의 한쪽 눈에 똥을 눠놓고 간다
새는 사라지고 부처는
웃는 눈에 붙은 똥을 말리고 있다

빗방울

빗방울이 개나리 울타리에 숍—숍—숍—숍 떨어진다

빗방울이 어린 모과나무 가지에 롭—롭—롭—롭 떨어진다

빗방울이 무성한 수국 잎에 톱—톱—톱—톱 떨어진다

빗방울이 잔디밭에 홉—홉—홉—홉 떨어진다

빗방울이 현관 앞 강아지 머리에 돕—돕—돕—돕 떨어진다

쑥부쟁이

길 위로 옆집 여자가 소리 지르며 갔다
여자 뒤를 그 집 개가 짖으며 따라갔다
잠시 후 옆집 사내가 슬리퍼를 끌며 뛰어갔다
옆집 아이가 따라갔다 가다가 길옆
쑥부쟁이를 발로 툭 차 꺾어놓고 갔다
그리고 길 위로 사람 없는 오후가 왔다

김기택

껌 외

1957년 안양 출생. 1989년《한국일보》로 등단.
시집『태아의 잠』『바늘구멍 속의 폭풍』『사무원』『소』등.
〈김수영문학상〉〈현대문학상〉〈미당문학상〉〈이수문학상〉〈지훈문학상〉등 수상.

껌

누군가 씹다 버린 껌.
이빨 자국이 선명하게 남아 있는 껌.
이미 찍힌 이빨 자국 위에
다시 찍히고 찍히고 무수히 찍힌 이빨 자국들을
하나도 버리거나 지우지 않고
작은 몸속에 겹겹이 구겨 넣어
작고 동그란 덩어리로 뭉쳐놓은 껌.
그 많은 이빨 자국 속에서
지금은 고요히 화석의 시간을 보내고 있는 껌.
고기를 찢고 열매를 부수던 힘이
아무리 짓이기고 짓이겨도
다 짓이겨지지 않고
조금도 찢어지거나 부서지지도 않은 껌.
살처럼 부드러운 촉감으로
고기처럼 쫄깃한 질감으로
이빨 밑에서 발버둥치는 팔다리 같은 물렁물렁한 탄력으로
이빨들이 잊고 있던 먼 살육의 기억을 깨워
그 피와 살과 비린내와 함께 놀던 껌.
우주의 일생 동안 이빨에 각인된 살의와 적의를

제 한 몸에 고스란히 받고 있던 껌.
마음껏 뭉개고 갈고 짓누르다
이빨이 먼저 지쳐
마지못해 놓아준 껌.

잠깐 그와 눈이 마주쳤다

잠깐 그와 눈이 마주쳤다.
낯이 많이 익은 얼굴이었지만
누구인지는 전혀 기억이 나지 않았다.
너무나도 낯선 낯익음에 당황하여
나는 한동안 그에게서 눈을 떼지 못했다.
그도 내가 누구인지 잠시 생각하는 눈치였다.
그는 쓰레기봉투를 뒤지고 있었다.
그는 고양이 가죽 안에 들어가 있었다.
오랫동안 직립이 몸에 배었는지
네 발로 걷는 것이 좀 어색해 보였다.
그는 쓰레기 뒤지는 일을 방해한 나에게 항의라도 하듯
야오옹, 하고 감정을 실어 울더니
뜻밖에 아기 울음소리가 나는 제 목소리가 이상해서 견딜 수
없다는 듯
얼른 입을 다물었다.
그는 다른 고양이들처럼 서둘러 달아나지 않았다.
슬픈 동작을 들킨 제 모습에 화가 난 듯
고개를 숙이더니 천천히 돌아서서 한참 동안 멀어져갔다.

통닭들

수십 마리의 통닭들이 납작 엎드려
절하고 있다 털을 남김없이 벗어버린 나체로
절하고 있다 발 없는 다리로 무릎을 꿇고
절하고 있다 머리 없는 목을 숙여
절하고 있다 목과 발을 자르고 털을 뽑은 주인에게
절하고 있다 죽음의 값을 흥정하는 손님에게
이미 죽은 죽음을 푹 끓여서 한 번 더 죽이려는 손님에게
씹어서 목 없는 몸의 흔적조차 없애려는 손님에게
절하고 있다 포개지고 뒤집어져도 조금도 자세를 흐트러뜨리
지 않고
절하고 있다 시장 한복판이 경건해지도록
호객하는 소리 흥정하는 소리조차 경건해지도록
절하고 있다 털 없는 몸을 더 낮추고 머리 없는 목을 더 숙이고
한 시간이고 두 시간이고 일어날 생각도 없이
절하고 있다 털 뽑히자마자 목 잘리자마자 수치가 되어버린 몸
을 다하여
수치가 온몸에 오톨도톨 돋은 몸을 다하여
절하고 있다

커다란 플라타너스 앞에서

덤프트럭 앞에서 짐자전거가 앞만 보며 달린다
갓길 없는 좁은 2차선 도로
아무리 빠르게 페달을 밟아도
느릿느릿 돌아가는 자전거 바퀴
사자 같은 경적이 쩌렁쩌렁 울며 뒷바퀴를 물어도
헛바퀴만 돌리며
아직도 커다란 플라타너스 앞을 지나가고 있는 자전거

자전거를 삼킬 듯 트럭은 꽁무니에 붙어서 오고
거대한 코끼리 한 마리 줄에 달고 가듯 바퀴는 한적하고
발과 페달은 자전거 바퀴보다 빠르게 돌아가고

봄

바람 속에 아직도 차가운 발톱이 남아 있는 3월.
양지쪽에 누워 있던 고양이가 네발을 모두 땅에 대고
햇볕에 살짝 녹은 몸을 쭉 늘여 기지개를 한다.
한껏 앞으로 뻗은 앞다리.
앞다리를 팽팽하게 잡아당기는 뒷다리.
그 사이에서 활처럼 땅을 향해 가늘게 휘어지는 허리.
고양이 부드러운 등을 핥으며 순해지는 바람.
새순 돋는 가지를 활짝 벌리고
바람에 가파르게 휘어지며 우두둑우두둑 늘어나는 나무들.

저녁상에서 비린내가 난다

오늘 저녁상에선 비린내가 난다.

비린 것은
흰 접시 위에 동그랗게 누워 있다.
산과 들을 헤매며 뛰어다니다가
지금 막 접시 위에 올라와 웅크리고 누운 듯
온몸으로 더운 김을 뿜어올리고 있다.
가죽에서 내장까지
다 발가벗겨진 것도 모르고
쌔근쌔근 진한 김을 내쉬고 있다.

학의 부리처럼 길고 날랜 젓가락들이
찌르고 헤집으며 비린 김을 다투어 뜯어간다.
김은 곧 사그라지고 접시는 비워진다.
눈이 까만 어린 짐승 하나가
핥고 긁고 뒹굴다가 하룻밤 자고난 자리같이
식은 접시 한가운데가 움푹 파여 있다.

고속도로

거무스름한 길이 뽑혀져 나온다.
지름이 십 미터도 넘을 것 같은 굵은 밧줄이 뽑혀져 나온다.
지평선에서 산허리에서 숲에서 쉴 새 없이 뽑혀져 나온다.
한 시간이고 두 시간이고 세 시간이고 지치지 않고 뽑혀져 나
온다.
박찬호의 직구 같은 속도로 뽑혀져 나온다.
거칠 것 없이 뽑혀져 나오는 속도에 다치지 않으려고
논과 밭, 나무들과 건물들이 좌우로 재빠르게 비켜선다.
산과 부딪치면 산이 단숨에 두 쪽으로 갈라지고
절벽이 가로막으면 밑으로 가차 없이 기다란 구멍이 뚫린다.
뽑혀져 나온 길이 가만히 서 있는 자동차 바퀴를 맹렬하게 굴
린다.
자동차는 가만히 있는데 바퀴는 맹렬하게 굴러서
바람이 전기톱으로 베어지는 소리가 들린다.
삼겹살처럼 얇고 넓적하게 잘린 바람이 창틈으로 들어와
눈을 후벼 파고 머리카락을 거칠게 쓸어넘긴다.
올챙이 다리 달리듯 가로수와 전봇대와 건물에 시간이 돋아난
다.
풍경은 속도와 반죽 되어 윤곽이 지워지며 흐려지고

시간은 엿처럼 찍찍 늘어지며 창밖으로 지나간다.

주류성의 부재와 미학적 발화의 다양성

이희중 · 유성호

한 시대의 시적 경향을 배타적으로 규율하는 주류 미학은 이제 종적을 감춘 듯이 보인다. 2000년대 들어 강력한 대안 시학으로 등장하였던 '생태'와 '여성' 시학도 이제 그러한 기능을 떠맡고 있지 않다. 다만 우리 시대의 시편들은 사회 변혁의 가능성에 대한 회의, 신성의 차원이든 생태의 차원이든 자연으로 침잠하려는 몸짓, 감각의 재현과 재구성을 최우선의 원리로 삼는 실험적 의욕 등으로 채워지고 있다. 자연스럽게 시적 주제나 방법에서 개별적 발화의 다양성이 집중적으로 나타나고 있다. 올 한 해 동안 여러 매체에 발표되었던 주요 작품들을 일별해 보았을 때, 이러한 생각은 더욱 선명하게 실증되었다.

올 한 해는 예년에 비해 작품 발표량이 현저하게 늘어났고, 새로 창간된 매체도 많았으며, 중견 시인들이 그 어느 해보다도 활발한 활동을 보여준 해로 기록될 만하다. 하지만 개개 시편을 평가할 수 있는 객관적 공준公準이 마련되기가 어려워서, 예심위원들은 개별 시인들의 미적 완결성이랄까 시정신의 치열성이랄까 아니면 이전 세계에서 어느 정도의 진경進境을 보여주었는가에 관심을 두게 되었다. 이러한 포괄적 기준이 시 읽기를 더욱 풍요롭게 해주었다는 점을 고백한다.

예심위원들로서는, 소통을 거부하는 유폐감과 난해성의 회로에 스스로를 가둠으로써 미학의 고립을 자초하고 있는 시편들이나, 미적 개별성보다는 담론적 선재성先在性이 두드러지는 시편들보다는, '서정(성)'의 내포를 섬세하게 심화하면서도 시의 전위적 치열성을 두루 견지하고 있는 시편들을 호의적으로 읽어나갔다. 그 결과 집중적으로 읽게 된 시인을 가나다순으로 밝히면, 김경미, 김신용, 문인수, 박라연, 박형준, 손택수, 송재학, 엄원태, 이문재, 이재무, 이정록, 정끝별, 최정례 등이었다.

이들의 시편은 예전에 자신들이 보여주었던 시적 성채를 어느 면에서는 이어가고 어느 면에서는 갱신하는 시적 의욕을 역동적으로 보여주었다. 이들의 시적 경향은 여성, 자연, 노동, 신성, 감각, 관념, 기억 등의 원리 및 제재를 두루 보여주고 있어서, 그야말로 한국 시의 활발한 외연을 그대로 보여주는 미학적 지도地圖를 그리고 있다 할 것이다. 이미 창작집을 두 권 이상 상재한 중견 시인이기도 한 이들은, 난형난제의 시적 개성과 성취를 보이고 있어서, 예심위원들로서는 본심에 올려서 선택을 받기에 족한 분들이라 생각하였다.

다량의 작품들을 읽으면서, 예심위원들은 올해 발표된 작품들이 예년에 볼 수 없었던 미학적 발화의 다양성을 보여주었고, 특히 중견 시인들이 매우 활발한 활동을 보여준 데 대해 커다란 즐거움을 느꼈다. 이들의 시적 열정과 성과로 하여 우리 시대의 시적 지형이 더욱 튼실해지기를 소망해본다.

동시성의 중층적 재구성

유종호

  움직이는 일상의 한순간을 포착하고 다양한 생활현실의 이모저모를 포용하여 구성의 묘와 우리 삶의 중층성을 보여주는 것이 최정례 시편의 미덕인 것으로 생각된다. 가령 「그녀의 입술은 따스하고 당신의 것은 차거든」 같은 시편에서는 쇼핑을 마치고 트렁크에 쇼핑 품목을 넣는 전후의 상황이 재현되고 있는데 그 재현을 통해서 "그 나물에 그 밥"인 우리 생활의 변함없는 반복성을 실감나게 보여준다. 카스테레오에서 흘러나오는 외국 팝송, 맞은편에 보이는 차 안에서 차창을 긁는 개, 해외 거주자가 보내온 수다 전화, 쇼핑센터 주차장에서의 차 박치기, 빨리 돌아오지 못하는 동승자 등 익숙한 도시생활의 한순간이 복합적으로 충실하게 그려져 있다. 지루하지 않고 활달하다.
  저지방 우유에서 클리넥스나 고무장갑에 이르는 쇼핑 품목이 기계적 반복의 세목이자 예증이라면 팝송은 그 권태로운 반복에서의 해방 충동을 시사하는 세목이 된다. 반복적인 삶의 권태와 그로부터의 탈출 욕망이 슬며시 드러나 있는데 화자가 특히 차창을 긁는 개에 주목하는 것은 따라서 당연하다. 쇼핑 품목의 구체, 외국 팝송, 차 박치기, 해외 거주자의 전화, 빨리 오지 않는 동승자에 대한 짜증, 이런 삶이 낭비라는 화자의 심경이 언뜻 잡다하게 나열되어 있는 것으로 비칠지 모르지만 사실은 아주 세심하고 치밀하게 구성되어 있음이 드러난다. 그 세심함 위에 대수롭지 않은 듯한 예사로움이 실현된 것이다. 근친의 죽음과 노인병을 다룬「슬픔의 자루」, 가족사진에 의탁해서 한 가족사를 시사하고 있는「초승달, 밤배, 가족사진」에 대해서도 우리는 같은 말을 할 수 있을 것이다. 한순간이나 계기를 통해서 우리 삶의 중층성을 드러내어 거침이 없는 점을 사서 최정례 시편을 수상작으로 결정하였다. 그 밖의 표준적 단시에서도 단아한 성취가 이루어져 있어 시인의 수련과 솜씨를 엿보게 한다.

　다른 많은 시편들과 마찬가지로 정끝별 시편과 엄원태 시편에도 우리는 아까워하면서 주목하였다. 조용하나 쉽지 않은 관조와 수사의 안정감이 돋보이는「이월」「저녁 일곱 시」「메간」을 비롯한 몇 편의 인물화 시에는 엄원태 시편의 미덕과 시인의 지향점이 잘 드러나 있다.「내 처음 아이」「첫눈」에 보이는 막힘없이 활달한 어조와 전개,「막고 품다」「통속」에 보이는 재치 있는 관찰의 조직에는 정끝별 시편의 진경進境이 역력히 드러나 있다. 여러분들의 지속적인 정진과 부가적인 성취를 기대한다.

신파와 냉소 사이

이남호

　오랜 시간, 품위, 정직성 등이 좋은 전통을 만드는 요소들이라면, 현대문학상은 좋은 전통을 지닌 문학상일 것이다. 세상은 빠르게 변하고 거의 모든 것들의 라이프사이클이 짧아지고 있지만, 좋은 전통의 권위는 오래 보전되어야 할 것 가운데 하나이다. 제52회 현대문학상 시부문 수상자를 정하기 위해 문인수, 엄원태, 정끝별, 최정례 등 네 분의 작품들을 두고 장고를 했다. 사실 어느 분이 수상자가 되어도 좋았지만, 그럴수록 결과의 명분과 논리 그리고 문단의 평판과 정서까지도 고려하고자 했다.

　문인수 시인은 근래 들어 더욱 빛나는 이미지들로 자신의 시세계를 확고하게 구축하고 있는 것으로 보인다. 최근 그는 시인으로서 전성기인 것 같다. 가령 「경운기 소리」 같은 작품은 큰 시인의 경지를 보여준다. 무덤덤하게 펼치는 몇 장면 속에 순박하고 고단했던 농부의 한평생이 집약되어 있다. 「식당의자」도 세속의 가치 밖으로 버려진 그 어떤 외롭고 소중한 것에 대한 처연한 눈길이 자기 삶을 돌아보게 만드는 수작이다.

엄원태 시인의 「물가에 서서」「이월」「저녁 일곱 시」에는 고요와 섬세함과 외로움 속에서만 만날 수 있는 어떤 시공간이 유리상자 속의 곤충표본처럼 포착되어 있다. "저녁의 창문들은/제 겨드랑이를 지나간 바람이나/이마 위로 흘러간 구름들을 생각하느라/골똘하고 고요하다" 같은 구절은 독자들을 그러한 시공간 속으로 가만히 데리고 간다. 너무 조심스러워서 어떤 때는 막연한 흔적만 보이기도 한다.

정끝별 시인의 이번 후보작들은 정끝별 시인을 다시 보게 만든다. 그동안 조용하고 조심스럽던 시인의 필통 속에 이런 활달하고 자유분방한 말들을 쏟아내는 연필이 있었던가? 마치 요정의 힘으로 새로운 언어의 축제에 참석하게 된 것 같은 시들을 여럿, 자신 있게 보여준다. 「막고 품다」「통속」「늙은 오동 마당」「웅크레주름구릉」 등에서 보여주는 언어의 재기발랄함은 놀랍다. 특히 「웅크레주름구릉」은 독특한 언어유희를 통해서 삶의 갖은 주름살을 멋지게 형상화하고 있는 절창이다.

최정례 시인은 독자적인 어법과 시적 공간을 확보하고 있는 개성적인 시인이다. 주로 도시의 평범한 일상을 소재로 삶의 상투성과 희망 없음을 문제 삼는다. 시인의 어릴 적 기억도 독특한 방식으로 시적 공간에 무늬를 만든다. 「그녀의 입술은 따스하고 당신의 것은 차거든」이 전자를 잘 보여준다면, 「초승달, 밤배, 가족사진」은 후자를 잘 보여준다. 시인이 낯설게 보여주는 우리의 일상은 통속, 상투, 신파, 억지의 굳은 껍질에 갇혀 있다. 시인은 우리의 삶이 말도 안 되는 코미디요 신파라는 것을 강조하고 싶어

한다. 그러나 시인은 유희적인 언어와 이미지로 삶의 한심寒心에 들어 있는 신파조를 냉소조로 조바꿈시킨다. 최정례 시의 개성과 매력은 이 조바꿈 솜씨에 있는지 모르겠다.

최정례 시인의 이번 후보작들은, 그의 이전 수작들에 비하면 덜 만족스럽다. 그러나 그의 개성적인 시세계를 확인하는 데는 모자람이 없다. 문인수 시인과 엄원태 시인의 작품들은 수준은 높지만 우리에게 어느 정도 익숙한 언어와 이미지들이다. 정끝별 시인의 작품들은 그 이전과 이후가 어떻게 이어져갈 것인가 조금 더 궁금해해도 될 듯하다. 수상에서 비켜선 시인들에게는 아쉬움 이 많지만, 최정례 시인이 수상하는 데는 아무런 주저함이 없다. 축하드린다.

비행기를 타고 뭉게구름 속을 지나가는 기분

최정례

우선 심사위원 선생님께 깊은 감사의 말씀을 드린다.

오늘 어찌어찌해서 내게 이런 일이 일어났는지는 잘 모르겠지만, 지금 나는 비행기를 타고 있는 듯한 기분이다. 상을 탄다는 것은 꼭 비행기 타는 것과 같다는 생각이 든다. 언제 추락할지 모르지만 잠시 붕 뜨게 된다는 것, 저 아래 까마득한 곳에서 집들과 거리와 자동차들이 장난감처럼 보이고…… 내가 탄 비행기는 뭉게구름 속을 뚫고 지나다가, 다시 깜깜한 밤하늘 속에서 아주 가깝게 느껴지는 별들을 만지면서 지나가고 있는 것만 같다.

지난여름, 처음으로 미국이라는 나라를 가보았다. 석 달간 미국 아이오와 창작프로그램에 참여하면서 세계 각국의 작가들과 만나, 낯선 언어로 바뀌는 내 시가 그들의 눈에 어떻게 비치는지를 보았었다. 아이오와를 떠나던 날, 비행기 창가에 앉아서 어디가 내가 그동안 남의 나라 말로 떠들며 지내던 곳일까 찾아보았다. 그러나 찾을 수 없었고 대신 들판 위에 드문드문 빛나는 작은 호수들만 볼 수 있었다. 어떤 호수는 햇빛을 반사하여 다이아몬드처럼 반짝이면서 내가 탄 비행기의 항로를 따라왔다. 그리고는 11월 23일 서울에 도착하던 날, 현대문학 측으로부터 내가 현대문학상 수상자로 결정되었다는 전화를 받았다. 혹시 비행기 속에서 비몽사몽 간에 쫓아오던 그 다이아몬드 호수들이 변하면서 내가 무슨 몽상 속에 있는 건 아닌가 하는 생각이 들었다. 그래서 비현실적인 몽상 속의 착란을 깨고 현실감을 느껴보려고 친구에게 전화했다.

"내가 이번에 현대문학상이라는 걸 타게 됐대."라고 하니까 "그거, 너, 벌써 타지 않았어? 수상시집에서 네 시 여러 번 본 거 같은데."라고 하는 거다. "아니 그동안은 수상후보자로서만 시가 실렸었지." "응, 좋겠다. 너 그 상금 타면 뭐 할 건데? 크게 한턱 내라." 하는 거다. 사실 나도 친구처럼 상금에 관심이 많다. 상금으로 잠깐 터키를 갈까 아프리카를 갈까 스웨덴을 갈까 생각해본다. 그러나 나는 어딘가 여행을 가면 시를 쓰지 못한다. 너무나 흥분해서 아무것도 하지 못하고 몇 가지 이미지만 안고 돌아오게 된다. 그러니까 여행은 이제 자제해야 한다. 또 한 친구에게 전화했다. "응, 너, 그거 타면 끝장이야, 이제 다시는 상 못 타는 거야. 슬슬 놀다가 슬금슬금 중견이 되는 거야." 하는 거다. 아찔했다.

분명 이 상은 게을러진 내게 정신 차리라고 주는 것만 같다. 감사히 받고 겸손하게 엎드려 시 써야 할 것이다. 지금까지 나는 시적 순간을 기다린다는 핑계로 게으름을 부리고 있었다. 이젠 시적 순간들을 기다릴 시간이 없다. 그런 순간들을 기다리기 이전에 끈질기게 시의 끈을 놓지 않음으로써 그 순간들이 나를 찾아 오게 해야 할 것이다. 철조망에 싹이 나고 잎이 날 때까지, 밤나 무에 주렁주렁 수박덩이가 매달릴 때까지 희망을 버리지 않기로 한다. 아무런 보상이 없더라도 누구도 주목하지 않는 날이 계속 되어도 투덜대지 않기로 한다.

　나보다 더 빛나는 시를 쓰지만 이상하게 운이 닿지 않아서 번 번이 상을 놓치고 마는 동료 선배 시인들을 생각한다. 그들보다 내가 먼저 이렇게 큰 상을 타서 그들의 행운을 가로챈 거 같아 미 안하다. 앞으로 열심히 좋은 시 쓰는 것으로 그들에게 진 빚을 갚 아나가야 할 것이다.

2007 現代文學賞 수상시집

그녀의 입술은 따스하고 당신의 것은 차거든

지은이 ｜ 최정례 외
펴낸이 ｜ 양숙진

초판 1쇄 펴낸날 ｜ 2006년 12월 8일

펴낸곳 ｜ ㈜현대문학
등록번호 ｜ 제1-452호
주소 ｜ 137-905 서울시 서초구 잠원동 41-10
전화 516-3770
팩스 516-5433
홈페이지 ｜ www.hdmh.co.kr

찍은곳 ｜ 대한교과서주식회사

ⓒ 2006 (주)현대문학

값 7,500원

ISBN 89 - 7275 - 380- 7 03810